Alçar de Sara

Gerente editorial
Roger Conovalov

Projeto Gráfico
Lura Editorial

Revisão
Elaine Lemgruber

Ilustrações
Paulo Tiago Akio Ogura

Capa
Lura Editorial

Lura Editorial - 2016.
Rua Rafael Sampaio Vidal, 291
São Caetano do Sul, SP - CEP 05550-170
Tel: (11) 4221-8215
Site: www.luraeditorial.com.br
E-mail: contato@luraeditorial.com.br

Catalogação na Fonte do Departamento Nacional do Livro
(Fundação Biblioteca Nacional, Brasil)

Ogura, Paulo Tiago Akio
Alçar de Sara/ Paulo Tiago Akio Ogura - São Paulo: Lura Editorial, 2016.

ISBN: 978-85-5849-000-9

1. Ficção 2. Romance I. Título.

Índice para catálogo sistemático:
I. Ficção. B869.1

www.luraeditorial.com.br

PAULO TIAGO AKIO OGURA

Alçar de Sara

lura

Prólogo

Ningres-ningres

Liberte-se de seus pais
Fale-me, conte-me, abra-se
Olhe ao redor, verá que pode
Olhe para o amado e fale
Deixando suas tímidas ações
Em diversos corações.

Fazia dois anos e meio que tinha recebido sua primeira carta de seu irmão mais velho.

Essa carta significou um marco em sua vida. Foi justamente quando tudo começou. Ali se iniciou uma transformação.

Neste momento, ela se encontra no aeroporto, esperando seu voo para uma nova vida. Junto dela estão seus pais, que não falavam muito, mas se percebia que algo nesses últimos dois anos havia mudado no modo como se relacionavam um com o outro.

Sara não era uma menina muito popular. Era muito retraída, muito bela, apesar de se esconder atrás dos cabelos. Todos com quem convivia tinham por ela um carinho muito grande, pois ela poderia ser uma daquelas meninas esnobes da escola, devido à fortuna de seu pai.

Às vezes, não é o dinheiro que compra a felicidade ou a coragem, mas a personalidade e a conquista do dia a dia.

Vivia chorando pelos cantos de sua enorme casa fria. Tornara-se mais fria há já quatro anos, quando seu irmão, com então 18 anos, fugira de casa. Assim que seus pais se deram conta de sua ausência, sua mãe, Valéria, passou a ligar para todos os seus amigos mais próximos. Carlos, o pai, manteve seu olhar frio. No fundo de sua alma, ele estava sentindo muita dor, mas não conseguia e não podia externá-la. Ligou para a polícia e foi informado que eles deveriam esperar um pouco mais. Era muito recente. Orientaram para que eles ligassem para os amigos do desaparecido, pois era um comportamento típico adolescente. Caso o sumido não aparecesse depois de dois dias, os pais poderiam retornar a ligação e a queixa seria formalizada.

A mãe pegou o carro e ficou rondando pela vizinhança. Lis só observava as coisas acontecendo e protegia a pequena Sara de todo o estresse.

Quando a mãe voltou, foi tomada pelo desânimo acumulado. Imobilizada novamente pela impotência que a compelia com o esperado de uma boa mãe.

O pai não tinha mais ações. Seus movimentos perderam a elasticidade e a energia. Estava imóvel assim como há muito sentia. Não tinha palavra que pudesse descrever a falta de ânimo. Nem uma bebida o ajudaria naquele momento.

O casal ficou perdido nas não ações.

Depois de dois dias, retornaram a ligação para a polícia registrando a queixa. Com o tempo, aconteceu de o filho ser mais um pedaço de gelo dentro daquela geladeira.

Ele sempre fora o corajoso, enfrentava Deus e o mundo. Sempre que pegava Sara chorando, ele a colocava no colo e dizia para se acalmar, falando que estaria o tempo todo ao seu lado. Quando ele fugiu sem ela, o mundo da menina caiu, ficou perdida e sem chão, até receber a primeira carta.

Por favor, senhor carteiro, há uma carta para mim?

Era um dia como qualquer outro, quando Sara chegou a casa. Lis veio ao seu encontro. Ela deixara de ser babá há muito tempo, porém, devido ao carinho que havia entre elas, continuara a frequentar a casa como conselheira, para ajudar a menina que aparentava alimentar uma tristeza dentro de si. Lis conhecia a vida daquela casa como a palma de sua mão. Porém, não interferia nos assuntos que não lhe eram chamados a responder. Apenas escutava e ficava ali, caso alguém precisasse.

Quando Lis escutou a porta da frente se abrindo, sorriu e olhou para o vão da entrada da cozinha, pois sabia que Sara passaria por ali em alguns instantes. Escutou a porta sendo fechada. Quase não conseguia segurar a própria risada.

— Bom dia, Sara!

— Bom dia, Lis. Tudo bem?

— Chegou uma coisa para você.

— Para mim?

— É uma carta.

— O quê? Uma carta?

Lis riu.

— Uma carta secreta, não tem remetente — sorriu novamente. — Arrasa corações, quem é o rapaz misterioso?

Sara corou: — Como você é boba, Lis.

Calou-se e subiu correndo para o quarto para saber de quem era a carta misteriosa. Ela não conseguia imaginar quem a havia mandado.

A carta estava em cima de sua escrivaninha, colocada lá de forma muito cuidadosa. Sentou-se em sua cadeira com ela nas mãos antes mesmo de abri-la. Cheirou-a, um costume que ela tinha desde pequena. Os odores das coisas lhe eram importantes, pois grande parte de sua memória afetiva estava ligada aos fatos e seus perfumes. Cheirar a carta era uma tentativa de trazer seu irmão em carne e osso àquele momento. Estranhamente a carta cheirava a limão, ou a alguma fruta cítrica.

Ela não conseguia achar sentido naquilo. As únicas cartas que recebia pelo correio eram contas e propagandas e todas as pessoas que ela conhecia tinham o seu número de telefone celular ou o seu e-mail. Não havia remetente nem nada, o que tornava a carta ainda mais misteriosa. O selo era brasileiro e não muito antigo, na verdade era o usado naqueles dias.

Dizem que uma carta pode mudar o mundo. Que uma mensagem pode mudar a história e essa foi uma delas. Aparecera justamente quando ela mais estava desacreditando na vida, quando parecia que sua energia havia ido embora.

Abriu o envelope, rasgando-o na lateral. Tirou o papel e não abriu. Ficou olhando-o com um certo medo. Seu corpo arrepiava por inteiro, podia reconhecer a letra que estava no papel. Seu coração disparou, batia tão forte que parecia que pularia por sua boca. Era a primeira notícia de seu irmão. Ela se questionava os motivos que teriam levado seu irmão a escrever uma carta sem remetente. Por que ele faria algo assim?

"Querida Sara,

Esta é a primeira carta de muitas, assim espero e se Deus quiser. Peço-lhe desculpas por não ter escrito nada antes. Imagino que não esteja sendo muito fácil para você conviver com os nossos pais e com os colegas daquela escola estranha.

Contarei o que aconteceu nesses últimos tempos em que a gente não se falou. Eu saí de casa apenas com o básico e fui diretamente para a rodoviária. De certa forma, eu sabia que nossos pais não se dariam conta de que eu tinha sumido. Fui para casa de um amigo que morava no interior. Quando cheguei lá, descobri que ele estava com passagem comprada para fora do país. Ele tinha uma banda de rock, algo que eu não sabia... Ele me deixou morar na casa dele. Por um tempo fiquei ali. Tive que arranjar emprego para pagar as contas. Comecei a trabalhar num mercado local e, logo em seguida, consegui um trabalho numa cidade um pouco maior.

Arrumei a casa do meu amigo e as minhas coisas e deixei um bilhete para ele entrar em contato comigo quando voltasse para o apartamento. Peguei o violão dele emprestado, justamente para ele me procurar.

Foi nesse ponto que minha vida mudou. Eu nunca tinha dado muita importância às minhas aulas de violão. Ele seria meu companheiro a partir desse momento.

Queria me desculpar por não falar os nomes das cidades, mas é uma precaução. Não quero mais conversa com os nossos pais, por isso, não quero que eles fiquem sabendo onde estou. Desculpe-me por não ter te escrito antes. Somente agora consegui me estabilizar e ganhar dinheiro, muitas coisas estão mudando, muitas portas estão se abrindo. Não falarei mais, porque ainda não sei como vai ser. Assim que tiver mais notícias, te darei. Não desista.

Sem mais enrolações.

Com muito amor,

De seu irmão,
Jorge"

As mãos de Sara estavam trêmulas, as lágrimas escorriam de seus olhos, por seu rosto, molhavam todo o papel. Esse era o dia mais feliz em seus 16 anos de vida. Queria contar aos ventos, mas temia que algo estragasse tudo. Contou para a única pessoa em quem ela realmente confiava.

— Lis!!!

— Fala, querida. Tudo bem?

— Tudo! Você não vai adivinhar quem escreveu a carta.

Lis sorriu.

— Realmente, não faço ideia de quem escreveu a carta.

— Meu irmão, você acredita? Meu irmão!!! — Quase ria, mas seu choro assomou primeiro. Lis se aproximou e a segurou em seus braços. Sara sentiu como se estivesse naquele colo com 5 anos de idade e chorou até seu coração se esvaziar da tristeza presa e se encher de uma pequena felicidade.

Os dias passavam e sua ansiedade aumentava. A espera pelas cartas parecia eterna. O ânimo que, de início, estava presente no dia a dia, foi se transformando em desânimo, em um sentimento de rejeição. O pior sentimento que ela poderia ter. Não tinha como retornar ao irmão, exigindo explicações. Apenas poderia esperar, mas a ansiedade a consumia por dentro.

Sara foi se afundando. Os dias passavam, seu humor piorava e os pensamentos trágicos ocupavam cada vez mais sua mente. Brigava com todos que estavam a sua volta, os pais, os amigos e Lis.

Às vezes a vida parece pregar algumas peças na gente. Justamente quando a gente menos espera, os botões florescem.

Isso foi exatamente o que aconteceu com Sara. Quando todo aquele turbilhão de sentimentos passou, e ela desistiu de esperar pela carta, o carteiro chegou.

Após exato um ano em que ela recebera a primeira, chegou a segunda. O envelope parecia muito mais velho, o selo era nacional e recente também. Novamente sem um endereço do remetente. Ela ainda não sabia em que parte do mundo ele se encontrava. Seu coração parecia que pularia do peito. Rasgou o envelope, assim como fizera com o outro, apenas na borda, e retirou dele as folhas de papel. Suas mãos tremiam. Parecia que não conseguiria ler.

"Querida Sara,

Gostaria muito de saber como você está. Sinto muito a sua falta, de nossas brigas, de nossas conversas, de nossas intrigas e dos nossos planos impossíveis. Noutro dia, conheci uma mulher que me lembra muito você. O nome dela é Anna. Uma pessoa muito boa. Acredito que vocês se dariam bem. Foi justamente ela que me incentivou a lhe escrever novamente. Para ser sincero, estamos namorando.

Queria me desculpar por não ter escrito antes, mas estive muito ocupado, trabalhando e estudando ao mesmo tempo. Mudei de emprego diversas vezes. Tenho feito bicos de noite. Sinto que me transformei em nossos pais e tenho vergonha disso e, mais, de falar isso para você... mas acho que Anna me salvou. O que mais me deixa triste é não conseguir trazer você para vir morar comigo.

Espero que você esteja comendo direito, que esteja estudando também. Hoje vejo o quanto deveria ter estudado mais.

Quero escrever mais para você e contar-lhe mais sobre meus planos. Se tudo der certo, eu terei uma grande oportunidade e, infelizmente, talvez não tenha tempo para te mandar novas notícias. Caso contrário, direi a você onde poderá me encontrar.

Com todo amor e carinho,

De seu irmão,
Jorge"

Ela percebeu que estava extremamente confusa. Havia diversos sentimentos passando dentro dela ao mesmo tempo. Curiosidade, ciúmes, alívio e alegria eram alguns deles. Começou a ler a segunda folha da carta.

"Ah, se eu soubesse

Ah, se eu soubesse que minha vida seria assim
Teria feito outras coisas para me divertir

Um dia, rompi com a pessoa mais importante
De minha vida
E percebi que isso era preciso para eu sentir

Que pistas deixarei e se um dia ela quiser me encontrar?
Basta segui-las, a cada uma e
Passar a cantar pelo mundo

Ah, se eu soubesse que minha vida seria assim
Quereria viver uma história sem fim."

Levantou o olhar da folha e ficou refletindo sobre o que havia acabado de ler. Teve curiosidade em saber de quem era o poema. Sentou-se em frente ao computador e começou a pesquisar no buscador. Escreveu o título, mas nada encontrou. Depois, parte do poema e por fim o poema todo. Sua frustração estava estampada em sua face. O seu sorriso começou a destoar da frustração. Sentia que era dele o poema e ficou feliz. Ao guardar a carta dentro do envelope, os papéis não entravam. Ela retirou-os e virou o envelope. Cem reais caíram em cima da mesa.

Ela olhou aquele dinheiro e ficou tentando descobrir o motivo para ele ter mandado. Guardou-o dentro de uma caixa junto com a outra carta.

Sara estava no último ano do ensino médio. A pressão em pensar no que faria para o resto da vida batia na porta. Ela estava temerosa como sempre. Não sabia o que queria e não sabia direito o que ela era boa em fazer. Sentia que não tinha vivido o suficiente para realizar essa escolha. Esse era seu pensamento. Essa certeza do que se fará dali em diante, a escolha de uma profissão não acontece assim tão fácil, como muitas pessoas acreditam. Pela primeira vez ela estava tomando uma decisão que mudaria sua vida, que traria sua independência. Pensar nisso a deixava mal.

Nessa época de crise, as cartas foram o seu refúgio... A saída de sua angústia. Sua vida tinha adquirido um motivo. Sua postura foi se alterando e todos os seus amigos de escola percebiam que ela estava diferente, que estava muito bonita. Porém, ela não percebia que isso acontecia. Por ser muito fechada, tinha dificuldade em se abrir para as outras pessoas. Sua única amiga começou a se incomodar com sua beleza e se distanciou.

Foi um momento complicado para ela, pois ela só lia sobre o irmão. Ela sentia necessidade de falar. Passava mais tempo conversando com Lis.

Nem sempre a ansiedade se aguentava dentro dela. As cartas davam um certo sentido a sua vida e a ajudavam a continuar. Parou de tomar alguns dos remédios receitados por seus cuidadores. A tristeza dos mortos deixava seu coração. Estava lidando melhor com a questão em terapia. Estava deixando os mortos com os mortos. Estava presa nas cartas. De alguma maneira, elas tornavam-na mais viva.

Depois de 3 meses, a nova carta chegou. Lis, como de costume, deixou-a na mesa do quarto de Sara.

Neste dia, sua mãe chegou mais cedo. Subiu as escadas e, ao passar pelo quarto de Sara, viu a carta. Entrou no quarto e viu que estava endereçada a Sara, porém não havia remetente. Sentou-se na escrivaninha e resolveu abri-la e lê-la. Reconheceu a letra de cara. Sua mente rodopiava. Não conseguia acreditar no que estava vendo. Suas lágrimas escorriam e molhavam o papel que se contorcia em suas mãos.

Sara chegou no horário de sempre. Ao passar pela caixa de correio, deu uma olhada para ver se havia chegado alguma correspondência. Nada. Entrou e viu Lis sorrindo para ela. Era um código, ela entendeu que a carta estava em seu quarto.

— Boa tarde, Sara. Você chegou a ver a carta em sua mesa?

A menina arregalou os olhos e num pulo estava em seu quarto. Mas, ao chegar lá, não viu sinal da carta. Apenas um envelope rasgado. Desceu furiosa com Lis.

— Você está brincando comigo?

Lis estranhou a reação da menina.

— O que aconteceu? Eu deixei a carta em sua escrivaninha, como sempre.

— Mas não está! Cadê ela?

Estranhando a resposta, repetiu:

— Está em cima de sua escrivaninha.

— Pare de brincadeira, está perdendo a graça — Sara ficou mais séria e brava. — Por que você a abriu?

— Sara, te juro por todos os santos que não abri sua carta e que deixei como sempre no seu quarto.

Sara olhou dentro dos olhos de Lis e percebeu que ela falava a verdade. Chamou-a para subir junto com ela.

Ao chegarem no quarto, não havia mais nem o envelope. As duas ficaram conjeturando sobre o que estava acontecendo.

— Podia jurar que estava aqui...

— É claro que estava...

Sara saiu do quarto e olhou pela escada, pensando se algo

ou alguém poderia ter saído enquanto elas tinham piscado. Nenhum ser mitológico foi encontrado. Apenas a bolsa de sua mãe estava perto da porta da frente. Foi caminhando para o quarto de seus pais. A mãe estava lá, tão concentrada que nem percebeu que Sara se aproximara. Sua mãe olhava para dois objetos em cima da mesa: um envelope e um monte de papel amassado. Sara não pensou duas vezes. Tinha certeza que aquele monte era sua carta. Pegou-os. Num reflexo, a mãe deu um tapa que derrubou a filha no chão. Quando ela se deu conta, tentou pegar Sara nos braços, que já estava em seu quarto, trancada e chorando.

Não conseguiu ler a carta direto... O espaço que havia surgido entre elas era de raiva.

"*Querida Sara,*

Espero que esteja tudo bem com você. Temo demorar demais a te escrever. Saiba que minha vida está muito corrida.

Tenho tantas perguntas para fazer... mas deixemos assim, para termos assunto quando nos encontrarmos. Espero que nossos pais não tenham lido as cartas. Tomei todos os cuidados para que, se acaso eles a pegassem, a mensagem chegasse a você.

Eu ainda não desisti de ajudá-la. A Anna tem me auxiliado em muitas coisas. Gostaria que você a conhecesse e que aceitasse nosso relacionamento.

É preciso ficar esperta.
Quanto mais rápido o tempo passa,
Mais rápido você precisará correr.
O tempo apaga as pegadas e os rastros.
Se dormir no ponto,
As marcas se desvanecerão como num sonho.

O seu tempo está por vir
Seu caminho deve tomar,
Mas, para isso, de casa você deve sair.
O tempo urge,
A vida chama como a chama,
Dizer adeus é preciso,
Assim como seu caminho tomar,
Encontrando as coisas que deve encontrar.

Com amor,
Jorge"

Ao terminar de ler, ficou olhando para os papéis. Não conseguia entender o significado da carta em si. Ao olhar o envelope novamente, encontrou 900 reais, com um bilhete.

"Acredito que você saberá usar isto no momento adequado".

Ela sorriu e guardou. Desceu no intuito de contar sobre as cartas para Lis, mas ficou sem reação ao ver sua mãe falando com ela na cozinha. Sua paralisia não era de medo, nem de terror. Era de incompreensão... de uma dor incontrolável. Aquele colo, que muitas vezes a acolhera, não tinha mais o mesmo significado. Incompreensão era o que ligava mãe e filha. Valéria conversava com Lis sobre a agressão, mas Sara nem quis saber de nada do que vinha de sua mãe. Saiu sem escutar a conversa.

— Não sei o que aconteceu comigo — falou a mãe para Lis.

— Acontece... Talvez esteja na hora de ver que nem ela, nem Jorge são a Aline ou a Jordana — falou com uma tristeza no rosto.

A mãe de Sara estava com a cabeça baixa. Suas mãos seguravam os cabelos. Ainda nessa posição, murmurou:

— Eu sinto que ela sabe onde ele está e não quer me contar... e eu preciso saber!

Lis precisava ser cautelosa.

— Você tem certeza disso?

— Não... — assumiu sem ânimo.

O desespero de mãe batia-lhe à porta. Não aguentava mais aquela situação. Levantou a cabeça e olhou com seus olhos vermelhos nos olhos de Lis, mudou o tom de sua voz.

— Você precisa me passar todas as cartas ou o que está escrito nelas — ordenou.

— Isso eu não posso fazer... Nosso trato, nossa promessa não comporta isso... Lembra? Um conselho: deixe eles se entenderem. Sei que não será fácil, assim como não tem sido fácil.

A mãe de Sara explodiu, até se levantou.

— É fácil você falar, mas saiba que essa atitude não vai trazer Jordana de volta...

Seu corpo caiu na cadeira novamente. O arrependimento batia. Ela não fora maldosa, apenas estava respondendo aos próprios medos e temores. Chorou.

Fazia tempo que elas não tinham aquele tipo de conversa. Tudo estava pesado. Precisavam ter paciência e controle. Lis respirou fundo e continuou.

— Eu sei disso... achei que pudesse substituí-la pela Sara, mas ela é insubstituível. Sara é uma menina especial. Vocês precisam libertá-la... — Lis aproximou-se alguns passos. — Estou falando de coração. Da história que dividimos. Confie em mim!

Lis abraçou Valéria e continuou.

— Vou tentar conversar com Sara.

Lis estava saindo da cozinha.

— Lis...

— Eu.

— Obrigada! Não sei o que seria da minha vida sem você nela.

— Temos uma história e ninguém poderá apagar isso.

— Acho que talvez... devamos repensar isso...

— Mais tarde te dou uma resposta. Talvez realmente esteja na hora de enfrentar os fantasmas. Mas isso fica para mais tarde. Estou com outros planos. Acho que está na hora de eu retomar a minha vida.

Depois da conversa, Lis subiu as escadas para tentar colocar panos frios nos conflitos.

— Sara?

— Oi, Lis.

— Posso entrar?

— Pode!

— Está tudo bem?

— Não, não está!

O silêncio dominou o quarto.

— Sabe, estava conversando com sua mãe...

— Não quero saber!

Silêncio novamente

— Só acho importante você saber que ela está arrependida...

— Ela devia ter pensando nisso antes de fazer o que fez... Agora você pode me deixar sozinha?

— Claro.

Após um mês, chegou outra carta. Lis guardou-a com cuidado e entregou-a a Sara em mãos. Dentro do envelope havia um cartão postal da Sicília, na Itália, no qual tinha uma mensagem grampeada em papel manteiga, que cheirava a limão. Ela estranhou, mas achou que fosse uma brincadeira com o limão siciliano.

A mensagem do postal era curta.

"Querida Sara,

Aqui vai um postal da Sicília. Fiquei poucos dias aqui. Já estou de saída. Acho que você vai gostar daqui. Fica um lugar a mais para você conhecer. :)

Muito carinho e amor,

Jorge"

Ela ficou olhando a bela imagem do postal, tentando entender a mensagem contida nele. Ele falava onde se encontrava, apesar de estar de saída. Chegou à conclusão de que era apenas uma mensagem leviana.

Na hora do jantar sua mãe percebeu que tinha acontecido algo. Tentou entender, mas não havia muito espaço de conversa entre elas desde o dia em que ela havia batido em Sara. Desconfiava que poderia ser outra carta de Jorge.

— Você recebeu mais uma carta de seu irmão?

— Não, mãe, não recebi — mentiu, calou-se. Sabia das investidas que ela dava em Lis para saber sobre as cartas e que até a ameaçara. Costumava ouvir pelos cantos e, certo dia, ouvira uma discussão entre Lis e Valéria. Mas algo naquela relação fazia com que Lis não temesse ser expulsa daquela casa. Lis guardava as cartas com mais cuidado e entregava em mãos a Sara.

— Então que cara é esta?

— Não é nada, tenho uma prova para fazer.

A mãe não acreditou muito, mas como não se sentia confortável, não entrou em mais detalhes, falando:

— Acredito que você vá bem nesta prova. Você sempre vai bem em provas.

As duas continuaram a comer caladas.

O silêncio dominou a sala novamente até o fim do jantar. Ao terminar, Sara saiu da mesa e foi direto para o computador. Depois de muito tempo, uma música melosa e triste começou a tocar no rádio, dando uma vida tímida a seu quarto. Ela procurava outras músicas que pudessem ser diferentes e mais vivas.

A cada carta, Sara mudava seu comportamento. Seu irmão mandava notícias de diversos lugares do mundo e ela parecia mergulhar mais no sonho de encontrá-lo.

"Querida Sara,

Creio que suas últimas férias estejam chegando. Queria tanto que você viesse para cá... Ainda não posso dizer onde, mas está perto o dia em que lhe contarei.

Deixo aqui uma sugestão de música para você escutar, foi Anna quem sugeriu.

"Beautiful", de Cristina Aguilera.

Boa sorte nas provas.

Saudades,

de seu irmão,
Jorge"

Ela leu e releu o cartão com imagens de Veneza. Correu para o computador, abrindo no buscador a música e sua letra. Passou a cantá-la...

Algo mudava dentro dela. Uma leve excitação surgia do mistério que seu irmão fazia com as cartas e sobre Anna.

Apesar de ter gostado da música e da letra, sentia-se muito distante de ser "Beautiful". A música ficou vibrando nela.

Certo dia, ela se sentou na cozinha e começou a falar com Lis:

— Lis?

— Oi, Sarinha. Tudo bem?

— Tudo ótimo!

— Que bom!

Sara ficou em silêncio, procurando as palavras, e Lis ficou esperando-as virem.

— Conheci um menino lá da escola.

— Que bom! E ele é legal?

— Acho que sim...

— Sim, dessa maneira, não parece muito um sim...

— É que estão acontecendo algumas coisas que não sei direito...

— Como assim?

— Não sei explicar. Na frente dos outros ele me trata de uma forma e sem ninguém, de outra. Desconfio que ele não é muito fiel também.

— Há quanto tempo você o conhece?

Sara solta risos de nervoso.

— Ele é um ano mais velho que eu. Na verdade, eu já o conhecia, mas começamos a ficar há uns meses.

— Humm... E como ele é?

— Ah, ele é bonito, legal...

— Sara, não sei o que você está querendo dizer...

— É que eu não sei se eu gosto dele realmente... Ele me pediu em namoro. Eu gosto dele, mas... não sei...

— Não sabe o quê?

— Ele me trata diferente das outras pessoas...

— Mas isso é bom, não?! Já que ele é seu namorado.

— É que...

— Vamos, menina, desembucha!

— É que ele era mais legal no começo...

— Mas o que está acontecendo?

— Acho que ele não gosta de mim do jeito que eu gosto dele... Ou do jeito que eu sou... Mas também não sei se eu gosto dele... Você deve me achar maluca...

— Sabe, tinha algo que minha avó me dizia: "de médico e louco todo mundo tem um pouco". Se você está em dúvida... se ele está te magoando... acho que não vale a pena manter... Ele não te merece.

Sara ficou pensando em silêncio. Sorriu.

— Obrigada, acho que vou insistir mais um pouco.

Ao sair da cozinha, ouviu Lis dizer:

— Sara, não faça nada que você não queira fazer... ou que possa se arrepender.

— Pode deixar.

A moça refletiu sobre as últimas palavras de Lis e se deu conta de que era apenas um fantoche nas mãos dele. Ela nem mesmo percebera que sua autoestima fora ficando cada vez mais baixa. Quanto mais permanecia nesse relacionamento, mais ela se depreciava. O namoro durava uma estação, o que lhe parecera uma eternidade. Ele a diminuía, chamando-a de tudo e qualquer nome.

Ela se questionava sobre a maldade das pessoas... sentia-se usada... Não era aquilo que queria para sua a vida.

Naquele momento, Sara nem mesmo queria deixar o próprio quarto.

Quatro meses depois, outra carta chegou pelo correio para tirar-lhe o mau humor. Milagrosamente, ela apareceu no momento em que ela mais precisava.

"Querida Sara,

Espero que esteja tudo bem. Temo ter sentido maus presságios em relação a você... Novamente, Anna me obrigou a te escrever, pois tive um sonho estranho... Sonhei que você chorava dentro de uma prisão... Espero que esse sonho não seja realidade.

Tenho mais duas músicas para te recomendar: "You've got a friend", de Cat Stevens, e "Make some noise", de Miley Cyrus.

Anna está ansiosa para lhe conhecer. Todas as vezes que conversamos sobre você, tento te descrever como me lembro, mas a sua imagem vem se descolorindo em minha mente. Você não tem ideia de quanto isso me dói.

Podemos nos encontrar assim que você terminar a escola. Acredito que esteja próximo.

Um beijo de seu irmão,
Jorge"

Fechou a carta e sua força parecia ter se dissipado. Ficou um tempo com o olhar marejado perdido no horizonte. O peso que carregava em seus ombros parecia diminuir. Começou a chorar e a soluçar, desejando que seu irmão estivesse com ela, para defendê-la. Ficou ali. Encolhida em sua cama.

Depois que as lágrimas secaram, ela foi procurar as canções. Ao escutá-las, voltou a chorar, mas agora não de tristeza, e sim, de emoção positiva.

A primeira música que ela escutou foi a "Make some noise" e, logo de cara, um sentimento bom surgiu em sua alma. Uma força a invadia, mas ela não sabia muito o que fazer com isso.

É curioso como a música tem o poder de afetar e transformar uma realidade... Mal a primeira música terminou, ela foi procurar a outra. Suas emoções pareciam pular de seu peito e ela sentia a coragem crescer dentro dela para seguir a vida.

Não conseguia entender como Jorge podia saber o que ela estava sentindo, sempre sugerindo músicas que a ajudavam a passar pelas dificuldades. Não conseguia entender essa relação entre eles. Não estava se sentindo tão sozinha... O irmão enviava-lhe forças para seguir em frente, mesmo não sabendo o que o futuro lhe aguardava.

Fortaleceu-se tanto que terminou o relacionamento com o rapaz que a deixava para baixo.

Como é possível um fato como esse? O poder mágico dessas cartas não parecia pertencer a este mundo. Que ventos os deuses sopram?

Seu futuro, ela o colocava nas mãos de seu irmão e nas de Anna, apesar de não conhecê-la. Seu comportamento mudara desde que recebera a última carta. Fez muitas outras amizades, mas não se interessou por mais ninguém.

O ano estava chegando ao fim. Sempre relia as cartas às escondidas. A leveza da vida acariciava seus cabelos. Achava incrível como as pessoas se aproximavam quando o fim mostrava-se próximo. Sentia-se livre. Tanto que nem reparou no endereço da última carta.

Um dia antes da colação de grau, recebeu mais uma carta de seu irmão.

"Olá, maninha. Tudo bem?

Se não me engano, você deve estar para se formar. Se lhe conheço bem, com muitas honras e méritos. Queria estar com você para dar um abraço bem apertado e desejar meus parabéns.

Agora falta pouco para nos encontrarmos. Espero que tenha guardado o dinheiro que lhe mandei.

Neste momento, estou no Brasil... Pensei em passar na sua casa, porém, não tive muito tempo para descer em São Paulo. Na próxima carta, que será a última, provavelmente você tomará a decisão mais difícil da sua vida até então.

Com amor, de seu irmão,
Jorge"

Ela ficou feliz de saber que o irmão estava bem, mas triste por não o ter encontrado. Por que será que ele não a visitou? Ela não teve a oportunidade de mostrar-lhe o quanto ela tinha ficado forte nesses últimos tempos.

Essa questão, porém, não a impediu de ser a mulher mais bonita da festa de formatura. O vestido verde longo caía leve e preciso em seu corpo. Com pouca maquiagem, seus cabelos longos chamavam a atenção, realçando sua beleza natural.

Fora a primeira vez que seus pais se deram conta de que ela já era uma moça e não uma criança. Seus pais não sabiam muito bem como se comportar. Valéria chorava, e Carlos, como era seu hábito nos últimos tempos, manteve-se silencioso.

Ao chegar à festa, algumas pessoas não a reconheceram, mas ela chamava a atenção de todos. Não se sentia vazia como de costume, não por ter sido notada, mas por estar se sentindo bem consigo mesma.

Fora do baile, todos perguntavam-lhe o que ela faria depois que o colégio terminasse. Ela, por sua vez, esquivava-se do assunto, dizendo que ainda não sabia direito. Evitava falar sobre a ideia de viajar em busca de seu irmão. Ainda era um segredo que ela carregava consigo. Seu irmão se transformara em um porto seguro, garantindo-lhe uma perspectiva de futuro.

Sua noite foi de glória. Dançou, cantou e se divertiu com fotos e declarações de amizades eternas.

No dia seguinte, já não era mais uma colegial. Nenhuma carta chegou. Ela continuou estudando para o vestibular. Prestaria Medicina, apesar de não saber direito se era o que ela queria. Um dia depois que seu nome saíra na lista de aprovados, ela recebeu outra carta de Jorge.

"Creio que finalmente posso dizer: Parabéns! Não duvido que você tenha passado, já que sempre foi mais esperta do que eu. Acredito que não tenha passado por muitas dificuldades com o abraço

frio do pai e a distância da mãe. Imagino a reação da mãe quando ela se deu conta de que você não era mais uma criança.

Essas reações me incomodavam muito, não consegui suportá-las e fugi de casa, apesar da promessa de cuidar de você. Espero que um dia você me perdoe. Não tinha como levá-la. Espero que você entenda isso, pois eu mesmo não me perdoaria se tivesse acontecido comigo. Acho que você é muito melhor do que eu nesse sentido.

Agora, é sua vez de decidir que caminho tomar, o de nossos pais ou o de tentar viver a vida de outra forma.

Junto com a carta, mando uma passagem de avião e mais dinheiro. Acredito que dará tempo para você fazer um passaporte antes de sair do Brasil, na data estimada. Com isso, termino minha última carta. Depois desta, somente a sua escolha fará com que elas continuem ou não.

Com amor,
Jorge

P.S.: Anna manda-lhe lembranças."

Seu pensamento estava caótico, não sabia o que pensar ou fazer. Não tinha ninguém com quem pudesse compartilhar suas emoções naquele momento. Tirou a passagem do envelope e não o abriu. Colocou-a dentro da gaveta da escrivaninha. Ficou um tempo olhando para o espelho. Na verdade, olhava para além dele. Quando saiu de seu transe, Lis estava à porta.

— O que aconteceu, minha pequena?

— Recebi uma carta de meu irmão... — entregou-a para Lis. Ela olhou sem responder.

— Eu vi. É algo ruim?

— Não.

— Então, o que aconteceu?

— É que eu me sinto pressionada a fazer algo que não sei se quero fazer.

Lis pôs-se a ler a carta. Depois de refletir um pouco, respondeu:

— Se eu fosse você, eu começaria a faculdade e faria, pelo menos, até o meio do ano, pois assim você já terá uma ideia de como será o curso. Não se prenda no fazer ou não, ir ou não, voltar ou não. Viva o que deve ser vivido. — Ela ficou em silêncio por um tempo — Sara...

— Eu...

— Independentemente da sua escolha, faça por você e não pelo outro. Não espere do outro o que o outro não possa dar...

Ela pensou calada... O medo corroía seu interior, pois não sabia se ele esperaria tanto tempo... Poderia perder suas pistas, assim como ele mesmo havia dito em uma das cartas.

Uma coisa ela sabia que faria: o passaporte. Decidiu transferir a passagem para um dia de julho. Juntou todos os documentos necessários e seguiu para a Polícia Federal. Não teve nenhuma dificuldade.

Quando foi trocar a data da passagem, viu que ela era endereçada à Cracóvia. Ficou pensando o que haveria em Cracóvia...

Durante os seis meses que se seguiram, ela imaginava as coisas que poderia ter na Cracóvia. Não tinha nenhum endereço. As cartas não seguiam uma lógica para ela chegar em algum lugar específico... Isso a deixava insegura...

Começou a reler todas as cartas à procura de alguma pista. Qualquer que fosse. Estava cansada e também brava com seu irmão, por não ter sido claro em suas instruções. Quando encostou o nariz perto delas, sentiu o cheiro de limão. Apesar de não ser um dado novo, agora lhe fazia um novo sentido. Estranhou... Questionava-se o motivo de elas cheirarem a limão. Lembrou de uma de suas aulas de Química, quando o professor falou que poderia escrever com limão e passar ferro para as letras aparecerem. Assim ela o fez. Pegou o ferro e passou as cartas debaixo de uma manta. Aos poucos, foram surgindo algumas letras, ainda ilegíveis.

"Otrec ohnimac on átse euq ogid. Snegasnem sartuo a avel et atrac an orref o rassap euq uirbocsed ecov es."

Ela nunca tinha visto aquela escrita antes. Algumas palavras soavam vindas do latim ou do grego. Mas nada lhe vinha à cabeça. Ficou com o papel em sua mão, refletindo sobre o truque que seu irmão usara para despistar quem quer que encontrasse a mensagem. Mesmo percebendo que os truques eram óbvios, ficava nervosa, por não achar a resposta.

Seus pensamentos foram interrompidos pelo alarme de seu relógio. Colocou a carta na mochila e foi para seu curso. Como todos os cursos, o início era muito atraente, porém, sua insegurança crescia. Apesar da crise, ela estava se divertindo, conhecendo bastante gente.

Como seu plano era viajar no meio do ano, não se prendeu a ninguém nesse período e continuou tentando resolver o mistério das cartas. A cada dia que passava, era uma carta que trazia um novo enigma. Sua ideia era tentar encontrar um padrão. Sempre há padrões. Normalmente fica mais fácil de resolver o problema.

Um mês depois do início das aulas, juntou todas as mensagens num papel. A mensagem estava toda ali. Agora só dependia de ela compreender e resolver o mistério. Ficou dias pensando sobre as mensagens e, quanto mais se debruçava nisso, mais sentia que a resposta fugia de sua mente. A cada dia, ela procurava algumas palavras em dicionários diferentes: árabe, holandês, japonês, russo, turco, alemão, finlandês, húngaro, aramaico, mas não encontrou em nenhum deles.

Até chegou a pensar que poderia ser armação de seus pais, quando finalmente lembrou da reação da mãe quando viu a carta em seu quarto. Ao se dar conta do grau de distorção do seu pensamento, assustou-se... Apesar de ainda não saber o que se passava dentro dela, sentia-se como falou Paulet Do Gura:

"Sem palavras para descrever[1]
No breu cai
Grito em vão
Nas nebulosas manhãs da vida

Que desvanecem
A cada instante
Que avanço nesta neblina

O texto que não sai
Aos dedos endurecidos
As palavras presas querendo
Pular para fora nas tosses sem fim
A busca dos sentidos
Dentro dos sonhos preenchidos

Avanço no eterno medo do desconhecido
Sem dar um passo
Com os olhos e os ouvidos
Meus pés paralisam
No temor do amor."

---

1. Música 1, 122

Passadas duas semanas em que esteve ansiosa, tentando desvendar o mistério, esqueceu a mensagem com os dizeres esquisitos em cima da escrivaninha. Quando se deu conta, já era hora do almoço. Voltou correndo para guardá-la. Subiu rapidamente as escadas e, quando chegou no quarto, viu-a no mesmo lugar em que a havia deixado. Respirou mais tranquila. Colocou sua mala em cima delas e desceu para almoçar.

Quando voltou ao seu quarto, seu olhar se fixou num espelhinho preso em um chaveiro que ela tinha ganhado de uma amiga do colégio. Apesar de ter se deitado devido às dores nas costas, cansada pela corrida, algo a despertou. Ao fechar os olhos, a imagem do chaveiro e do espelho crescia em sua mente. Era a reflexão sobre o enigma. Era assim que ela se sentia. Um chaveiro sem chave, presa no reflexo distorcido de si mesma e do mundo.

Ficou deitada por um tempo. Algo em seu chaveiro a incomodava, não sabia o motivo. Resolveu levantar-se e caminhou em direção à mochila.

Mal sabia ela que ao se levantar veria claramente o que Jorge estava querendo dizer com todo aquele mistério. Percebeu refletida no espelho de seu chaveiro, uma palavra que parecia "você". Apertou os olhos e se aproximou devagar para ver com mais clareza. Sentiu raiva de si mesma por não ter percebido antes algo tão óbvio. Levou os papéis para o espelho do banheiro e tudo se fez claro naquele momento. Agora não havia mais nada para detê-la. Ao mesmo tempo que a raiva de sua ignorância a invadia, uma excitação também começava a esquentá-la.

Pegou outro papel e começou a passar a limpo nele o que via no espelho.

"Boa sorte,

Grodzka,180 – restaurante, centro de Cracóvia. O lugar super especial onde conheci Anna. Viajo muito. Importante você saber. Posso estar em qualquer parte do mundo.

Quanto mais tempo você demorar,

Quanto menos pensar você for capaz,

Menor será as chances de você me encontrar.

Se você descobriu que passar o ferro na carta te leva a outras mensagens, digo que está no caminho certo.

A cada lugar que eu não estiver, deixarei um rastro, que poderá ser seguido, caso você ainda o encontre."

Ela estava feliz com a descoberta. Releu as cartas e percebeu que, em uma delas, ela esquecera-se de passar o ferro. Passou. Apareceu a seguinte mensagem:

"Pergunte por meu nome ao dono do restaurante. Ele se lembrará de mim e lhe fornecerá seu próximo destino. Caso você não tenha ido na data marcada na passagem, seja por qualquer motivo, lembre-se de que não importa o que você escolher: a única responsável por sua escolha é você mesma. Se você se arrepender de sua escolha ou não encontrar a felicidade, não coloque a responsabilidade nos outros... Reconhecer-se é uma dádiva."

Finalmente o mistério das cartas terminava. Agora ela precisava decidir qual caminho seguir. Havia um lado que queria muito ir, mas seu outro lado estava morrendo de medo. Querendo ou não, ela tinha todo o conforto que precisava e poderia ser assim para o resto da sua vida... Sara parecia um filhote de suçuarana acuado pelo medo que dominava quase que completamente o seu ser de forma obscura. Estava em seu quarto.

Deitada na cama. Olhando para o teto. Seu vizinho que já tinha certa idade e dificuldade de escutar deixara o som no último volume. A melodia entrava em seu quarto... Sool FaMi Faa Sool Lá Sooool Do... "A Primavera", de Vivaldi. Sua mente seguia cada nota. Sentia que algo estava sendo mobilizado em seu interior. Um sorriso despertou suavemente em seu rosto. Sentou-se de lado e olhou para os ursos de pelúcia que ainda ficavam em sua cama. Não brincava mais com eles, apenas presenciavam seus passos. Ela sentia que eles sorriam para ela naquele momento, quase que dizendo: "Vá! E seja feliz!". Lembrou-se de seu diário que há muito não escrevia.

"*Querido diário,*

Sei que não tenho vindo aqui com a frequência que gostaria. Muitas coisas aconteceram.

Essa música do Senhor Antônio me fez querer escrever... Hoje consegui entender as mensagens de meu irmão.

Nem preciso dizer que estou suuuper feliz! Como nunca em minha vida... Ao mesmo tempo que me sinto confusa... tenho muito medo do que pode acontecer daqui para frente... Gostaria tanto que alguém fosse comigo para esta viagem maluca... Me sinto tão sozinha...

Sinto-me como o Leão do Mágico de Oz, com medo de sua própria sombra. Queria ser tão corajosa como meu irmão que fez o que fez sem temer, sempre seguindo em frente.

Eu nunca tive a coragem dele...

Sobre o Jeremias... Acho que eu o superei... Eu me sentia horrível ao seu lado... Como eu gostaria que você falasse comigo... Acho que você teria bons conselhos para me dar, já que você é quem mais sabe sobre mim... Mesmo a Lis... Tem coisas que eu não consigo falar com ela... Tipo o dia em que Jeremias tentou fazer amor comigo, mas eu não me sentia pronta... Tem momentos que eu me arrependo de não ter feito... Talvez se tivesse feito estaríamos juntos até hoje... Se bem que... Tenho escutado algumas histórias sobre ele e as meninas com quem ele ficou. Não consegui me relacionar com mais ninguém nesse nível, isso não quer dizer que eu não tenha interesse pelos meninos. Tem um rapaz na minha sala que é muito atraente, mas ele tem uma namorada que é muito bonita. Sei o que você está pensando... sem chances...

Achei que eu entenderia melhor o mundo quando eu fosse mais velha... mas tenho tantas dúvidas e tantos medos. Sinto-me num avião caindo, com um paraquedas em minhas mãos... E minhas pernas não se movem, mas não tem outro jeito de sair... Que medo é esse que me prende? Que medo é esse que essa música do Senhor Antônio não tem?

Estou descobrindo que escrever sobre meus medos faz eles ficarem no papel e me deixarem por um tempo... De qualquer forma, tenho que enfrentar esses medos, assim como o meu irmão fez.

Por que ele está me mandando para Cracóvia? O que há naquele lugar de tão importante? Por que não fala de uma vez onde ele se encontra?

Os meus pais? Estão como sempre... meu pai não fala comigo, minha mãe se distanciou mais depois do tapa que ela me deu, mas eu também não a deixei aproximar-se...

Sinto-me malvada por fazer tudo isso. Mas tenho que contar a eles sobre a viagem..."

Reli o que eu escrevi até então... E percebi algo... Que já estou falando que eu vou... que não estou na dúvida de ir ou não ir, mas com medo do que tudo isso significa... O medo do que pode dar errado... E do que pode dar certo...

Está muito difícil, porque ninguém é capaz de me entender... Parece que aquele que mais me entende é meu irmão, que também está ausente... cheio deste mistério bobo.

Mas algo me incomoda... uma dor...

Mal conseguiu terminar de escrever e começou a chorar sem saber direito o motivo. Olhou pela janela. Ficou um tempo olhando para a árvore que dançava à sua frente. Pegou as cartas e cheirou-as novamente. Sonhou com as coisas que poderiam acontecer de positivo. Fantasiou os reencontros. Mas sempre vinha uma vírgula de pessimismo.

Ir mostrava-se assustador. A única coisa que ela conhecia da Polônia era a expressão "Corredor Polonês", que remetia às guerras. A Polônia fora invadida tanto pela URSS, quanto pela Alemanha. Havia também a questão de Auschwitz-Birkenau, que era um assunto de que ela não gostava muito. Escutara em uma das aulas de história fatos sobre a condição das pessoas que viveram forçadamente nesses lugares, o que a entristecia. Cracóvia... Será que falam inglês, lá? Sua insegurança aumentava com o passar do tempo, a ponto de influenciar as aulas da faculdade.

Lis percebia que Sara estava mudada. Com o intuito de estar com a moça, adentrou no quarto de Sara em seu estilo peculiar, como quem não quer nada. Serviu um "bolo de formigueiro" e um copo de leite com chocolate. A menina acabou contando tudo o que a estava incomodando. Lis perscrutou suas angústias:

— O que pode dar errado?

— O que pode dar errado? Tudo!! Ele pode não estar mais lá... Eu ser presa... Ser barrada na imigração...

— Foco, Sara. Ele deixou bem claro que deixaria um bilhete com o dono do bar.

— Sim...

Mas o tom de sua voz saiu de outro lugar. As lágrimas começaram a jorrar. Lis apenas se aproximou e a abraçou.

— Na pior das hipóteses, você terá uma história para contar para seus filhos e netos.

— E se eu não entender o que ele quer dizer? Ou demorar para descobrir as charadas? Essa última, que foi simples, eu demorei dias...

Lis segurou seu rosto e olhou dentro de seus olhos dizendo:

— Você é uma menina muito inteligente. Se mantiver a calma, não haverá nenhuma charada que você não consiga resolver.

Com tais palavras, Sara pareceu perceber que estava muito fora de si. Começou a respirar novamente... O brilho no olhar voltava aos poucos. Mais controlada.

— Lis, somente você para me salvar, o que eu faria sem você na minha vida?

— O que é isso, pequena? Quando a gente cresce, o mundo muda, assim como nossa cabeça e nossa leitura dele. Além do mais, é muito mais fácil opinar quando você está do lado de fora do problema — sorriu.

Estava decidida... Faria aquela viagem nem que fosse a última coisa de sua vida. Faltando uma semana para a aventura, ela sentou-se com os seus pais e anunciou o que faria.

— Pai, mãe, eu reuni vocês para dizer que nessas férias eu vou viajar, mas desta vez sozinha. — Sua voz falhava de vez em quando, suas pernas tremiam, sentia estar desrespeitando-os. E gostaria que vocês me apoiassem. Prometo que voltarei assim que eu encontrar o que eu procuro.

Seus pais ficaram perplexos. Não sabiam direito o que dizer, até que seu pai exclamou:

— Você só pode estar de brincadeira... com quem você vai? Como você vai? Com que dinheiro? Eu não vou te ajudar em nada. — O medo de seu pai estava estampado em seu rosto e ela estava tremendo. Ele já estava de pé, andando de um lado para o outro e bufando como um touro. Ela engoliu em seco.

— Eu estou ped....

— Nada feito!! É minha última palavra...

O sangue de Sara, então, subiu em sua cabeça e pela primeira vez, gritou:

— Se é assim, posso muito bem fazer como Jorge. Um dia sumir e vocês nunca mais me verão!

Logo que as palavras pularam de sua boca, o arrependimento tomou seu corpo como todo, assim como a cor fugiu das faces de seus pais.

— Me desculpa, não queria ter dito isso — sua fala caiu no silêncio.

Era tarde. Ao escutar a reação de Sara, os ombros de seu pai pesaram. Todo o esforço de controlar o incontrolável esvaiu-se. Seu passado e seu futuro turvaram. Sua mente foi inundada de lembranças dolorosas. Carlos olhava para os lados tentando entender o que estava acontecendo com ele. A sala parecia muito menor. Todas as histórias que ele fazia questão de esquecer, invadiram-no. Não tinha mais volta. Sua energia escorria pelo ralo mal cuidado. Tudo parecia explodir e sumir como uma pólvora queimada.

A náusea amargou sua boca, precisava sentar. Tentou encontrar energia e apoio nos olhos de sua mulher, mas ela os escondia em suas mãos. Temeu repetir o que prometeu jamais repetir. Sua mão estava fechada como uma tentativa de enfrentar o sentimento de impotência que carregava em seu coração. Sara, sem saber, havia aberto a ferida. Era carne viva, cheirava a podridão. A pobre jovem apenas respondera como dera.

Era preciso tratar a ferida e colocar nela um curativo. A dor seguiria por um tempo, mas era preciso limpar toda a sujeira para a frieza tornar-se algo mais quente.

Ele não tinha voz. Tentou falar umas três vezes, mas o som não saía. Valéria parou de chorar aos poucos. Olhou para o marido, que estava perdido em seus pensamentos. Ela segurou as mãos geladas dele e cochichou em seu ouvido algo que Sara não conseguiu escutar.

Ele pareceu encarnar, mais controlado:

— Quando você vai?

— Daqui a uma semana.

— E quando volta?

— Ainda não sei, mas a ideia é ficar uns 15 dias.

— Em quais lugares?

— Até o momento, Polônia. Ainda estou pensando — desconversou.

— Ok! Mas me prometa manter contato... — pensou um pouco mais. — Não aceite doce de estranho. Tome cuidado com o que bebe. Se perceber que está sendo seguida, vá para um lugar seguro com policiais — ele desatou a falar. — Não confie em taxistas espanhóis, cuidado com a mão de transito no Reino Unido, pois lá é o inverso daqui. Leve um tradutor eletrônico — respirou fundo e lembrou de algo de extrema importância. Sua feição alterou. — Se, por acaso, lhe oferecerem dinheiro em troca de levar bagagem ou o que for, não aceite! Dinheiro fácil vai fácil e você pode ser presa. Há muitas pessoas que ficam na pior, pois acreditam que estão sendo espertas e estão ganhando um dinheirão. Pelo amor de Deus, minha filha. Corra dessas pessoas!

— Claro! — prometeu, sabendo que lá ela não teria muito tempo para dar notícias, devido ao fuso horário, o pouco tempo disponível e tentando registrar todos os conselhos que seu velho tinha acabado de lhe falar. — Farei o possível — sorriu.

Dois dias depois, Carlos ligou no celular de Sara, pedindo--lhe para ir ao banco com ele. Lá, ele conversou com um dos gerentes e, depois, entregou-lhe um cartão internacional e alguns cheques de viagem. Não era muito, mas era alguma coisa. Ela ficou feliz e o beijou no rosto. Ele reagiu secamente, mas ela já sabia que ele agiria assim. Percebeu que algo mudara em seu pai, mas não sabia dizer o que era. Ela estava somente feliz com a pequena mudança.

Voltaram juntos para casa. Sara percebeu que, após entrarem, o pai pegou um álbum de fotos e se trancou em seu quarto. Ela podia ouvi-lo chorar. Nesse momento, ela sentiu uma dor em seu peito. Não é fácil ver ou ouvir o próprio pai chorando. Foi para o quarto e começou a escutar uma música qualquer, tentando tirar o som do choro de sua mente.

Não muito tempo depois, Valéria chegou do trabalho e foi ao quarto da filha.

Visivelmente nervosa, subira direto para lá. Evitara conversar com Lis, pois ela tinha o dom de acalmá-la e não era isso o que estava buscando.

— Podemos conversar?

— Claro...

Refletiu sobre as palavras que falaria. Pisava em ovos e não queria perder a única oportunidade de tirar a dúvida que lhe corroía e pedir perdão para a filha. Tinha que ser direta e precisa.

— Por acaso, você vai encontrar com o Jorge? Ele está na Polônia? — O tom desesperado de sua voz mexeu com Sara. Ela não tinha como recusar responder a pergunta. Desde o tapa, Valéria buscava respeitar o espaço da filha. O mínimo que ela poderia fazer para retribuir era responder.

— Não sei se encontrarei Jorge... Se tudo der certo, eu o encontrarei... Mas o sentido real dessa viagem é que eu preciso pensar em algumas coisas da minha vida.

— Sei... É que as cartas que ele te mandou... sei que você não quer conversar sobre isso, mas algumas delas vinham de fora do país...

Sara estranhou ela saber que algumas delas vinham de fora do Brasil. Questionou se Lis andava falando sobre as cartas com sua mãe. Porém as cartas estavam sempre seladas ao serem entregues. Não lembrava de nenhuma conversa sobre os países de onde elas vinham. Percebeu não ser o momento mais adequado para ficar questionando. Sua mãe estava dando permissão para ela partir. Era tudo o que ela precisava.

— Mãe, estou falando a verdade, não sei se vou encontrar com ele...

A mãe de Sara apenas fitava com certa tristeza em seu olhar. Refletiu um pouco antes de continuar a fala. Ela se abraçava quase sem se abraçar.

— Só te peço uma coisa...

— O quê?

— Caso você o encontre... peça para ele me ligar ou me mandar uma mensagem dizendo se está tudo bem com ele.

— Pode deixar — "Isto eu consigo fazer", pensou Sara.

— E... — continuou sem jeito — Você me perdoa? Sobre as cartas e o tapa?

— Perdoo, sim! — Sara se levantou e abraçou a mãe.

No dia anterior à viagem, seus pais almoçaram com ela, algo que há muito não acontecia. Ambos estavam diferentes. Podia-se ver até um desespero no fundo de seus olhos. A única filha que sobrara estava saindo de casa para viajar, a casa ficaria vazia e eles teriam que enfrentar fantasmas passados. Isso os incomodava... porém, ela mesma não percebia tanto a mudança, pois estava muito agitada com a viagem.

Trocaram algumas palavras sobre a viagem, mas, como Sara não tinha nada previsto, ela deu um roteiro fictício para que eles pudessem ficar mais calmos. Em alguns momentos, ela quase falou sobre as cartas e sobre Jorge, mas resolveu calar-se e assim permaneceu.

No dia do embarque, eles a levaram ao aeroporto. Foram calados. Não havia mais assunto. Ela sabia que eles haviam passado a noite em claro, conversando, rindo e chorando.

A jornada começa. *I wish...*

Na hora do embarque, Valéria chorou pouco. Carlos conseguiu abraçar a filha, ainda que friamente, mas fora um abraço. Sara queria entender o motivo pelo qual ele não conseguia abraçá-la mais calorosamente e por que eles conversaram tanto na noite passada, sendo que há anos que não faziam aquilo. Embarcou com o coração leve, mas com um incômodo em sua barriga... Olhou para o relógio do celular para saber se estava para descer.

O avião decolou às 16:15 e aterrizaria às 12:40 do dia seguinte. Fez uma escala de duas horas em Munique, Alemanha.

Nunca viajara de avião na vida. Olhou seu bilhete, seu assento era na ala econômica, na janela, um pouco atrás da asa. Ao seu lado, sentou-se um casal de jovens. Apesar de aparentarem ser namorados, o rapaz pareceu gostar de Sara. Puxou assunto e, para equilibrar, a namorada trocou de lugar com ele, jogando-o no corredor. Como Sara era muito simpática, a moça conversou com ela durante um bom tempo da viagem, o que era bom, pois esta era longa.

— Para onde você está indo?

— Polônia — a menina fez um rosto de desgosto.

— Polônia? O que você fará lá?

— Vou encontrar meu irmão.

— Seu irmão é polonês?

— Não, ele é brasileiro. — Ela não estava gostando muito de como a conversa seguia, queria dormir, pois metade da viagem já tinha passado.

— E o que ele faz lá?

— Não sei, é o que eu vou descobrir, quando chegar lá.

Virou de lado. Fechou a janela e dormiu. A aeromoça a acordou perguntando se ela queria o café da manhã. Continuou conversando um pouco com a moça ao seu lado, que sugeriu que ela fosse a Paris e a Veneza.

Apesar de poucas horas de convivência com a garota, Sara aprendeu uma coisa: dizer adeus àqueles com quem ela estava se acostumando a estar. Esse é um fato que todo viajante aprende de uma maneira ou de outra: a se "despedir" e a "dizer adeus". O primeiro se dá na convivência do dia a dia, do voltar. O segundo, é uma ruptura sem volta. Em ambos os casos, porém, as pessoas vivenciam a separação. Sara estava vislumbrando o seu amadurecimento.

Ela estava excitada, pois sabia que aquele era o começo de muitas surpresas, de encontros e desencontros, como lia em seus livros. Aquele fora o primeiro desprendimento que a afetara de alguma forma.

Durante o período da escala em Munique, ela sentiu falta de um livro e ficou ali sem nada para fazer. Sua mente começou a se dividir entre querer encontrar ou não seu irmão. Algo sobre o qual ela nunca refletira... Tomara a decisão de ir atrás dele como certa, mas, quando, finalmente, conseguiu ficar em silêncio, o questionamento do motivo real da viagem inundou sua mente.

Um incômodo na barriga começou a surgir novamente... Ela não sabia identificar se era um frio da expectativa ou se era uma dor de queimação da ansiedade. Tentou tirar os questionamentos de sua cabeça. Ela não podia se perder naquele momento, sem ninguém para ajudá-la. Nem Lis estava presente... Como ela fazia falta... Respirou fundo e acalmou um pouco. Era a hora de seu embarque para Polônia.

Ao descer na Polônia, ficou perdida, tentando se entender com as pessoas. Quase ninguém falava inglês. Havia muitas palavras em que o som parecia com o português, porém as placas estavam em idiomas que ela não sabia o que significava. Seu desespero aumentava a cada passo que ela não conseguia entender o que estava escrito. Começou a questionar o motivo pelo qual seu irmão a mandara para lá e não para qualquer país latino ou anglo-saxão. Só poderia ser para visitar o restaurante em que ele conhecera Anna. Cada pessoa com a qual ela tentava falar sorria vagamente. Encolhia-se em sua ignorância da língua polonesa. Questionando o real motivo dela estar lá. A falta de sentido a jogava no mundo do incompreendido, no mundo onde um vazio na boca do estômago domina o ser.

Um passante a quem ela perguntou, em inglês, sobre a condução, apontou um mapa numa loja. Graças a Deus!

Acalmou-se. Comprou o mapa. Todos os dados de que ela precisava estavam lá.

Pegou um táxi que a deixou no centro. Deixou suas bagagens no guarda-volumes na rodoviária e foi andar no centro de Cracóvia, à procura do restaurante.

Seguiu pela rua Pawa olhando o mapa. Percebeu que sua meta estava ficando mais longe. Deu meia-volta e tomou o rumo certo. Ao chegar no centro, cruzou um portal e duas torres. Entrou devagar, olhando para todos os lados. O sol batia forte, era um dia de verão. Virou à direita na Barsztowa, entrou na Stawkowska até encontrar um lugar amplo, uma praça cheia de pessoas e um monumento no meio.

Seguiu andando até encontrar o restaurante. Entrou devagar e o garçom convidou-a para sentar-se numa mesa. Sem demora, trouxe um cardápio. Sentada, ficou olhando aquelas palavras escritas que não entendia. Apontou para qualquer coisa e sorriu, enquanto o garçom anotava seu pedido. Ele perguntou algo que era incompreensível aos seus ouvidos. Ela olhou-o com cara de quem não tinha entendido e ele repetiu a pergunta em inglês. Ela sorriu e pediu para falar com o gerente. Ele se retirou, deixou o pedido na cozinha e subiu as escadas para falar com seu chefe.

Bateu na porta e foi entrando. Falou em polonês.

— Senhor, tem uma moça perguntando por você.

— Quem é?

— Não sei, nunca a vi aqui. Ela é bem jovem, muito bonita — percebendo uma leve irritação por parte de seu chefe, continuou —, mas não é reclamação sobre o serviço. Ela entrou, sentou, apontou o caldo de carne, sorriu e pediu para te chamar.

— Mas que estranho — o gerente ficou pensativo. — Ok, já vou ver isso, agora me deixe um pouco em paz.

Assim o garçom o fez. Saiu e desceu as escadas, enquanto o gerente ficou imaginando quem poderia ser aquela pessoa. Fechou os olhos, curtindo o calor do verão polonês.

O garçom entregou a comida e informou-a para esperar um pouco mais porque o gerente estava ocupado e viria em alguns minutos. Ela teve um pouco de dificuldade para entendê-lo, não estava acostumada com o sotaque inglês-polonês.

Ela terminou a comida e ficou esperando pacientemente.

Depois de um longo tempo de espera, ela começou a escutar passos descendo as escadas de madeira. Sua postura continuava impecável, sempre elegante e ereta.

O homem vindo da escada, que aparentava ter seus cinquenta anos, se aproximou da mesa. Ela o analisava. O tempo parecia ter judiado de sua aparência. O cabelo estava desarrumado e seu humor não parecia muito para cima. Andava a passo lento, como se a vida lhe pesasse mais que o corpo. Ao se aproximar da mesa, apresentou-se e sentou-se, pesado. Olhou-a, para saber se conseguia lembrar dela. Ela desviou o olhar e não conseguiu falar nada. O silêncio começou a incomodá-lo. Percebendo-a estrangeira, falou em inglês:

— Já que você não vai falar nada, vou me retirar — começou a se levantar.

— Espere! Por favor, espere — ele voltou a se sentar. — Obrigada, eu queria saber... — suas palavras não saíam.

— Ok, respire fundo. Qual é o seu nome? De onde você me conhece? O que você deseja de mim?

— Desculpe, meu nome é Sara — Ao escutar esse nome, algo dentro dele se movimentou, mas não sabia o que era. — Na verdade, eu não o conheço, quem lhe conhece é o meu irmão. Foi ele quem me pediu para te procurar.

— E quem é ele?

— Jorge. — Ao escutar o nome, muitas lembranças invadiram sua mente, suas expressões foram mudando diversas vezes, mas parecia que o sorriso era o mais comum dentre as outras expressões. Ele se perdeu no seu passado.

— Sara... — seus olhos se levantaram até encontrar os delas. Ela percebeu que dentro dos olhos dele havia um brilho, uma vida que não conseguira encontrar antes. Ele voltou a corar. Sua face, quase morta, retomou a vida. Ao ver o sorriso dela, ele continuou.

— Nunca achei que você viesse. Seu irmão esteve comigo durante um tempo. Aprendi muito com ele. Apesar de ser muito misterioso, ele é um rapaz muito bom.

Ela ficou tranquila, pois havia mais alguém que o achava misterioso.

— Quando ele foi embora, parece que este lugar perdeu a vida. A partir daquele dia, eu fiquei esperando você aparecer, porém, a cada dia, eu perdia mais as esperanças de que você realmente viesse pegar aquilo que ele deixou para ti. Até duvidei se você realmente existia... se não era uma brincadeira estúpida de Jorge para me manter com a cabeça ocupada.

Seu olhar estava difuso entre o passado que vivera e o aqui-agora. As imagens rodavam entre a dela e a do seu irmão. Em algum lugar de sua alma, ela parecia com Jorge. Talvez fosse o jeito... não sabia dizer. Percebeu estar tonto com sua beleza... Poderia ficar ali para todo o sempre... Como saindo de um transe, ele se desligou, abaixando a cabeça. Falou que buscaria a encomenda e se ela poderia esperar um pouco mais.

Após ela concordar em esperar, ele subiu correndo as escadas. Todos os empregados saíram de dentro da cozinha para ver o que estava acontecendo. Já fazia um tempo que aqueles ruídos das escadas não eram escutados.

Enquanto ela esperava o gerente, entrou um casal de turistas que parecia perdido e com muita fome. O atendimento fora muito mais caloroso do que o dela. Ficou pensando que só poderia ser coisa da cabeça dela. Achava que fantasiava com o fato de ela estar mais relaxada e podendo realmente curtir a presença alheia. Algo havia mudado, fosse nela ou no ambiente. Apenas sorriu. Sentia um calor revitalizante.

O homem voltou todo suado. Parecia que havia corrido uma maratona. Entregou-lhe um envelope gordo. O gerente olhou para os clientes e deu um sorriso, desejando boas-vindas e se desculpando pela aparência. Sara tinha outros olhos para ele, parecia até mais bonito. Seus olhos tinham vida e a vida não era mais tão cansada. O ar primaveril magnetizava a todos e reverberava. Ele se voltou para Sara:

— Posso ajudá-la em mais alguma coisa??

— Não, muito obrigada. Não quero lhe atrapalhar em seu trabalho.

— O que é isso? Você não me atrapalha em nada... Caso precise, é só me chamar.

— Tudo bem — ela sorriu e ele também. Era a sua deixa para voltar ao escritório. Sem perder o momento... Sentia-se pronto para mexer em assuntos antigos.

Ela ficou um tempo olhando o envelope antes de abri-lo. Sua mão tremia. O cheiro de comida dominava o ambiente. Sentia seu estômago corroendo e seu peito aquecido. E se não fosse capaz de entender o que ele escreveu?

O garçom se aproximou e perguntou se ela gostaria de um copo de água. Ela assentiu. Ele complementou falando que seu chefe pediu para deixá-la à vontade. Ela ficou olhando para o copo de água e sua mente voltara no tempo, quando seu irmão ainda não tinha fugido de casa. Jorge sempre entrava em seu quarto e tentava animá-la, enquanto ela queria apenas ficar a sós. Quando ele a abraçava, dizia em seu ouvido:

— Sarinha, não fique triste, saiba que sempre estarei ao seu lado, cuidando de você.

Depois de milésimos de segundos, essa imagem ficou embaçada e veio o dia em que ele fugira. Como que num "flash" sua consciência voltou para o restaurante. Temia o que havia dentro do envelope. Estava com medo de mudar... de seguir em frente... Mas o que ela ainda não tinha percebido era que já havia mudado muito e a estrada que ela tinha tomado não tinha mais volta. Assim como o efeito da primeira carta que recebera. Sara sentia que estava entrando em outro mundo.

"Querida Sara,

Fico feliz que você tenha vindo buscar a carta. Provavelmente, nesta hora do dia você precise de um albergue...

Ela olhou para o relógio. Batia mais de seis horas e estava esfriando bastante. Como ele conseguia adivinhar do que ela necessitava?

...para dormir e se recuperar da viagem cansativa.

Indico um que fica mais distante do centro, pois sempre há lugar e é barato. Seria importante você conhecer a cidade, pois ela é muito bonita e a guerra não a destruiu muito. Além do mais, provavelmente, você veio direto do aeroporto para o restaurante. Esteja às 9 no centro. Se você quiser, tem albergues perto do restaurante também. Caso não tenha um mapa, é bom adquiri-lo, pois lá tem boas indicações.

A dica é seguir o caminho de Fryderyk Chopin; na GRANDE CONSTRUÇÃO. *Para você ser reconhecida, use a camiseta que lhe envio no pacote.*

Boa Sorte.

Jorge"

Ao terminar de ler, ficou olhando para o nada. Respirou fundo e foi pagar a conta. Quando estava pagando, perguntou ao garçom sobre o albergue. O rapaz pegou o mapa e mostrou um mais distante e indicou o ônibus que ela deveria pegar.

— Olhe este aqui. Não é muito longe... no máximo dez minutos de viagem.

Ela agradeceu e foi até a rodoviária pegar suas malas e seguir para o albergue.

Já em seu quarto, foi tomar banho e relaxar um pouco. Depois, desceu para o restaurante para comer algo.

No restaurante havia algumas meninas. Uma delas se aproximou de sua mesa e a convidou para sentar junto delas. Ela aceitou, vencendo a sua timidez. A mais desinibida chamava-se Tuia e a outra Jasmine. Ficaram super felizes por compreenderem umas às outras nos diversos sotaque de inglês. Elas ficaram conversando durante um tempo e combinaram de ir ao centro no dia seguinte.

Pela manhã, elas se encontraram no restaurante para tomar café. Quem olhasse de longe, acharia que elas se conheciam há anos e era assim que elas também se sentiam, como se fosse um reencontro de outras vidas.

Chegaram ao centro às nove da manhã e puderam escutar o som de uma trombeta tocando do alto de uma torre. O som era interrompido de tempos em tempos no meio da música. Essa ação se repetiu durante um tempo, até que ficou no silêncio. Sara, com brilho nos olhos e uma ruga de dúvida, perguntou às amigas:

— Por acaso vocês sabem o motivo desse ritual? — As outras duas negaram.

Tuia se distanciou e conversou com um homem estranho. Ao voltar, explicou a história.

— Esse é um ritual que é repetido todos os dias para lembrar de um oficial que tocava a trombeta para alertar a cidade sobre ataques inimigos. Foi morto enquanto tocava... por isso a música é interrompida no meio.

— Que história triste... — respondeu Jasmine — Não gostaria de ter sido ele.

— Mas ele morreu heroicamente!!! — retrucou Tuia com entusiasmo, sentindo seu sangue fervilhar com a ideia.

— É verdade! Mas mesmo assim, eu não queria ter sido ele — falou Sara com um tom de alívio. — Mas, mudando de assunto, por acaso, vocês conhecem Fryderyk Chopin?

Tuia abriu um sorriso de orelha a orelha. Seus olhos brilhavam e pareciam escutar as melodias de Chopin em sua mente.

— Claro! Ele é o melhor compositor da Polônia de todos os tempos.

Sua alegria e empolgação assustaram Sara, que estava maravilhada com a luz que a amiga emanava.

— E por que você quer saber?

Sara começou a contar sua história. As duas ficaram boquiabertas e perceberam que ela tinha uma força que não mostrava na aparência, e sua voz parecia estar sempre prestes a chorar.

— Podemos ir à biblioteca saber um pouco mais sobre a história dele — falou Tuia, que estava animada por ajudar —, mas antes seria bom comer, pois minha barriga está roncando. Além de não sabermos quanto tempo vamos gastar lá dentro.

— Boa ideia... Sei de um lugar bom! — falou Sara, levando-as ao restaurante em que estivera no dia anterior.

Ao entrarem, o garçom sorriu para as três e encaminhou-as para um lugar mais perto da janela. Não que houvesse muita coisa para se ver além de pedras e pessoas passando na rua, mas havia mais luz natural, apesar da cortina branca rendada que balançava ao vento.

Após anotar os pedidos e passar ao cozinheiro, subiu à sala do gerente avisando-o que ela havia voltado, como havia sido a ele recomendado. Ele desceu e quase não se ouviu o som dos degraus. Quando viu que ela estava acompanhada, sorriu e se aproximou.

— Bom dia, está tudo bem? Alguma reclamação, sugestão?

Sara sorriu.

— Tudo bem! E como vai o senhor?

— Nunca estive melhor em minha vida, principalmente por você ter voltado ao meu humilde restaurante. Além de vir em companhia que parece muito boa.

As amigas se entreolharam e sorriram. Tuia estava curiosa para saber o que havia ocorrido entre os dois, ao mesmo tempo, sua intolerância inicial àquele senhor que estava à frente delas foi diminuindo, e ela passou a gostar dele.

— Desculpe minha má educação. Essa é Jasmine e essa é Tuia. Conheci-as no albergue — falou sorrindo — e este é o gerente de quem lhes falei.

Ao escutar isso, Tuia pareceu mais relaxada, pois era apenas alguém da história da Sara, sem importância.

— Por acaso, o senhor conhece Chopin?

— Claro que conheço! O que vocês gostariam de saber dele?

— Na carta que você me deu ontem, meu irmão me instruiu para seguir os caminhos de Chopin.

Ele pensou um pouco.

— Acho que eu posso te ajudar — e pediu licença para colocar um disco da música de Chopin e pegar algo para comer e beber enquanto conversavam.

Ao fundo, começou a tocar uma música ao som de piano. Tuia sorria e se deliciava com as melodias leves. Seus dedos pareciam acompanhar as teclas imaginárias. Jasmine mexia as mãos como se fosse um maestro.

Tuia, enfim, quebrou o silêncio:

— Este é o grande Fryderyk Chopin. Não há nada melhor nesse mundo do que comer com uma boa música e uma boa companhia.

Sara sorriu e também deixou a música tocar e levar seu coração, vendo as duas se deliciarem.

— Sara, como você conheceu o gerente? — perguntou Jasmine, com a música de fundo.

— Eu não o conheço. Quem o conhece é meu irmão. Como eu disse ontem, as cartas dele me trouxeram até aqui.

O gerente se aproximou trazendo uma garrafa de vinho.

— Aqui está. Não há como escutar Chopin sem um bom vinho.

O gerente sempre gostou de música clássica e Chopin. Para ele, era como um herói polonês. Quando mais novo, frequentara a faculdade de música, não deu seguimento devido à falta de condições. Ele começou a trabalhar muito cedo e sua vida, por um tempo, foi trabalho pesado, até encontrar o dono anterior daquele restaurante, que o adotou como seu discípulo.

— Oba! — falaram em conjunto.

— Este que vocês escutam — falava com ufanismo enquanto servia o vinho — é o gênio da música, Fryderyk Chopin. Ele nasceu no condado de Varsóvia. Viveu sua infância lá mesmo, onde hoje se encontra seu coração.

— Então tenho que ir para Varsóvia — interrompeu Sara.

— Calma, escute até o final. Acho que não é para Varsóvia que você precisa ir, mas para Paris. Aos vinte e poucos anos, ele se mudou, viveu e morreu na cidade luz.

O olhar de Sara se perdeu nas informações que ele lhe dera. Não tinha certeza se era Paris ou Varsóvia. Enquanto Tuia engolia o vinho, foi reprimida pelo gerente, que começou a falar sobre o vinho e a maneira certa de tomá-lo, apreciá-lo e degustá-lo.

— Desculpe-me ser tão intrometida na sua vida. Como o senhor conheceu meu irmão? Por que acha que ele deve estar em Paris e não em Varsóvia?

O gerente parecia ter se perdido em um passado recente... Sorrisos rememorativos surgiam em seu rosto.

— Paris? Porque foi lá que ele viveu dos vinte anos até morrer. Ele faleceu muito jovem... com apenas 39 anos...

As meninas se entreolharam e pensaram que 39 anos era perto dos 40 anos, ou seja, ele já era velho, mas não falaram nada.

— Não se sabe ao certo do que ele morreu. Algumas pessoas dizem que foi tuberculose, outros acham que seria mais provável fibrose cística. De qualquer forma, ele morreu cedo. Tinha pavor de ser enterrado vivo. Deixou uma ordem para que seu coração fosse retirado de seu corpo antes do funeral. Sua irmã guardou o seu coração numa urna de cristal selada. Hoje, essa urna se encontra em Cognac, Varsóvia. Lacrado dentro de um pilar da Igreja da Santa Cruz. Seu corpo está enterrado na França. Alguns amigos dele, depois de um tempo, levaram terra da Polônia e espalharam sobre seu túmulo.

O gerente emanava vida enquanto narrava o breve relato da vida de Chopin. Um brilho que deixava todos mais iluminados e leves. Ao mudar de assunto, a própria sala pareceu escurecer:

— Já há outra questão. Eu precisarei contar muitas coisas para que vocês possam entender o que estava se passando quando eu o conheci.

Elas se entreolharam e disseram que tinham o tempo que fosse necessário. Ele sorriu e começou a contar.

A mesa estava cheia de comida. A conversa rolava empolgada. Por onde deveria começar a sua história, se interrogava. Em alguns momentos, sentia uma tristeza aparecer. Ele não falava sobre seu passado. Sentia que era como mexer numa colmeia. Percebeu que não teria como falar sobre o irmão dela sem tocar em dores antigas. Mesmo assim, respirou fundo e começou:

— Há um tempo atrás, eu era muito diferente do que sou hoje. Era casado, tinha um filho que amava muito. Eles eram minha vida... eram tudo para mim. Só percebi isso tarde demais. Eu morava longe daqui e nem sempre via meu filho acordado. Sempre que possível, eu ficava com ele — respirou fundo e continuou, enquanto os olhos atentos das meninas seguiam cada palavra. — Minha mulher era a mais bela do mundo. Não importava o quanto eu a olhava, sua beleza me envolvia e me tirava o ar. Sentia uma estranheza no estômago... — pegou a taça de vinho e deu um gole grande antes de continuar — Há momentos em minha vida em que eu gostaria de poder ver o futuro... Se eu tivesse esse poder, poderia ter aproveitado melhor as pessoas que estavam ao meu lado... Certo que isso é apenas uma desculpa que repito a mim mesmo para justificar alguns acontecimentos de minha vida.

As meninas tentavam entender o que estava se passando em sua mente. Esperaram em silêncio a continuação do relato.

— Sabem, meninas... Hoje, olhando para trás, percebo que há um tempo apenas. O tempo do agora. Se vocês fugirem de seus sentimentos por puro medo de viver, não haverá outro momento para vivê-lo.

A percepção das paredes pelo gerente estava alterada. Aquela sala, que tinha uns seis metros quadrados, pareceu ficar com apenas cinquenta centímetros quadrados. Sua respiração ficou superficial. Fechou os olhos e pôde ver sua mulher e seu filho ali presentes perto dele. Precisava falar, era a única maneira de seguir em frente. Respirou fundo e continuou o relato:

— Era um domingo de sol. Estávamos na casa de minha sogra. Como de costume, Ewa, minha mulher, foi à cozinha ajudar sua mãe. Por algum motivo, aquela era a única cozinha em que eu não entrava, não por medo ou receio. Simplesmente não era um lugar para mim, apesar de trabalhar em um restaurante. A energia dela não batia com a minha. Não sei se vocês acreditam em energia, mas tem lugares que eu não entro, devido às energias, sejam positivas, sejam negativas. Naquele dia eu deveria ficar de olho em Petroski, meu filho. Eu não estava muito disposto, pois havia trabalhado bastante durante a semana. Liguei a televisão e coloquei um filme, sentei ao seu lado e dormi. Eu sabia que ele queria outro tipo de interação, mas eu estava realmente cansado.

Quando acordei, era hora do almoço. A mesa estava posta. Sentamos e almoçamos. A comida estava maravilhosa. Até brinquei falando que eu as contrataria para trabalharem aqui no restaurante. Elas riram e me disseram que eu precisaria pagar-lhes muito bem para que elas aceitassem a proposta.

Depois de todos estarem satisfeitos, minha mulher, sua mãe e Petroski foram andar, como de costume. Normalmente eu andava junto, porém, naquele dia, fiquei na casa dormindo mais um pouco. Era um sono esquisito. Era daqueles que dominam os olhos. Daqueles que não conseguimos controlar, não sonhei.

O gerente parou com o relato e tomou um gole de vinho, antes de continuar:

— Ewa voltou mais cedo. Apesar de não estar muito disposto, ficamos namorando por um tempo e depois fizemos amor...

Ele ficou em silêncio durante um tempo perdido em sua memória.

— Na hora de ir embora, a minha sogra implorava para não irmos naquela hora, que dormíssemos lá e saíssemos de manhã. Não podíamos, pois Ewa teria uma entrevista de emprego. Uma editora queria contratá-la para ilustrar os livros que publicava. A entrevista seria perto de casa, logo cedo. Se dormíssemos lá, não chegaríamos a tempo.

Entramos no carro e partimos. Eu sentia-me melhor naquele momento, o sono havia ido embora — olhando para as próprias mãos. — Ewa entrelaçou os dedos de sua mão na minha e ela falou que me amava. Nem passou por minha cabeça que minha sogra havia pressentido algo. Eu dirigia devagar, com prudência, porém, num dos cruzamentos da estrada, não sei o que aconteceu. Só consegui ver dois olhos amarelos raivosos se aproximando com uma energia muito grande. Eu paralisei, não podia fazer mais nada, acelerar ou frear, daria na mesma, o compasso estava fora da pauta. Meu reflexo foi acelerar e esperar pelo impacto. Antes dele, eu olhei para minha mulher, sempre muito bela. A luz vinha de trás de sua cabeça, ela parecia um anjo encarnado... — engasgou e uma lágrima escorreu — todos morreram, menos eu... — ele se calou. O ar pesava toneladas, as meninas sentiam compaixão de seu narrador, o choro começou a tomar mais o espaço da cena.

A memória de Sara foi até seu pai chorando no quarto. Pela primeira vez, ela começou a se questionar o motivo do choro dele. Um incômodo no peito despertou a partir das lágrimas derramadas por aquele homem.

No esforço de continuar sem chorar, o gerente seguiu com a sua história.

— Fui trazido para o hospital daqui de Cracóvia, pois era o mais perto. As pessoas diziam que não fora minha culpa — secou os olhos e limpou a garganta.

Um caminhão bateu justamente na lateral que eles estavam... morreram na hora.

Ele pediu perdão a elas, enquanto limpava os olhos novamente. Tuia não conseguia olhar para o rosto do senhor, como que evitando o contato para não chorar. Estava muito presa à história. Ela vivia como se tivesse acontecido com ela mesma.

Jasmine chorava sem parar, sem vergonha das lágrimas.

Sara sentia um nó na garganta. Comovia-se com a história. As lágrimas foram brotando aos poucos, inclusive embaladas pela música que tocava ao fundo.

O gerente sentia-se um pouco envergonhado por fazer todas aquelas crianças chorarem. De colocá-las em contato com a morte... pensava em parar... sabia que elas queriam escutar até o final. Apesar das lágrimas, elas soltavam um sorriso sutil, não lhe permitindo interromper a triste história:

— É neste momento de tragédia que seu irmão aparece na minha vida pela segunda vez, que foi a mais importante.

Uma estranheza temporal instalou-se no ambiente ao som de Chopin... Curioso como a segunda vez imprimiu-se mais significativamente nas lembranças do gerente:

— Apesar de eu estar num momento de perda, ele me ajudou bastante. Tive dias felizes e eu, me sentindo culpado pela felicidade, me afundava mais.

As notas da música noturno Opus 9 N° 1 preenchiam o ambiente. Assim como os ruídos de obras que vinham do lado de fora. Uma martelada... uma serra... A mente de Sara começava a voar para longe daquela sala. Entrando num processo meditativo, as imagens dançavam, mas não se prendiam. A cada pequena pausa do compasso, ela se tornava mais introspectiva. Por mais que uma parte dela quisesse ficar presente de corpo e alma nos relatos; a outra estava seguindo um caminho à parte. A beleza da melodia a levava para a sua antiga vida. Para seu pai, sua mãe, seu irmão, Lis e a desconhecida Anna. Aos poucos uma imagem foi surgindo no fundo de sua retina — palavras se encaixavam com o ritmo da música —, outra foi se formando. Não eram notas. Eram palavras:

"I wish all my tears which run down could save you[2]
I wish could do something more than I did

But I know my limits and yours too
it is hard to feel good or happy
I feel blue but I can't say to you
I´m so sorry I am not able to do more than this
But I know sometimes it doesn't work like that"

A música preenchia a mente de Sara, gritando, tentando tirar o nó de sua garganta. Ao mesmo tempo, sentia que estava

---

2. Música 2, página 124

mais próxima das pessoas. Sentia as dores do gerente e começava a entrar em contato com as possíveis dores de seus pais. Aos poucos, as fortes notas de piano da música trouxeram-na para fora do transe.

O gerente, finalmente, chegou na parte em que Jorge entrou no seu relato.

— Nunca conversamos sobre isso e acho que, de alguma forma, foi por esse motivo que ele ficou aqui por um tempo. Todos que tentavam falar comigo sobre isso, eu excluía de meus contatos. Ele me contava a história de vocês. De sua fuga, da promessa que ele lhe fizera e que não pôde cumprir. Quando ele me pediu para guardar a carta e lhe esperar, juro que aceitei somente porque tinha certeza de que você não viria. Então, você apareceu! — sorriu. — Até Jorge se cansou da minha tristeza. A fé de seu irmão é contagiosa e, no momento em que você bateu na minha porta, minha crença no amor ressurgiu. Nunca esquecerei de meu filho e de minha mulher, mas agora posso enterrá-los e seguir novamente.

O garçom, que estava ao lado, sorriu, e seu sorriso dizia muita coisa.

Os ombros do gerente estavam mais relaxados, parecia que ele tinha tirado algumas toneladas de cima deles. Estava agora com um sorriso mais suave:

— Seu irmão é uma pessoa curiosa. Veio na primeira vez para Cracóvia, há mais ou menos dois anos, não sei mais precisar. Foi estranho... logo que nos conhecemos, fizemos uma boa amizade. Ele conseguia falar de tudo, tinha opinião para tudo. Nem por isso, mostrava-se arrogante. Já estava no seu segundo dia aqui, enquanto Jorge e eu conversávamos, chegou uma amiga de minha mulher com suas filhas e amigas. Isso aconteceu um dia antes do acidente. Nesse dia, ele cruzou com uma dessas amigas, estrangeira, Anna. Conversou um pouco e parecia que havia acontecido algo invisível entre eles. Algo que eu nunca entendi, a música no ar era puro encantamento. Tocava Beatles, "With a little help from my friends", no rádio. Ele, pelo que me contara, nunca parava em lugar algum, sempre viajando, para lá e para cá. Pediu para ficar trabalhando um tempo comigo. Precisaria fazer uma última viagem, enquanto ela ficaria por um tempo estudando em Varsóvia. Ele viajou um pouco antes do acidente. Ao voltar, recebeu a triste notícia com pesar. Foi neste momento que eu percebi a grandeza de seu irmão. Houve noites que ele me resgatava, banhava, me alimentava e suportava minhas blasfêmias contra o sagrado enquanto todos a minha volta se distanciavam.

Um dia, Anna voltou para Cracóvia e o casal sentiu necessidade de voar para novos espaços. No dia de sua partida, Jorge me pediu para lhe entregar a carta. Acredito que esse ato tenha me ajudado a cuidar do restaurante sem ele por perto.

Todas estavam encantadas com a dor daquele homem e com a sua força para lidar com a tristeza. Estava lutando... ritualizando o luto. Tuia e Jasmine sentiam-se sortudas por Sara ter resolvido ir até a Polônia e, assim, ter possibilitado o encontro entre as novas amigas.

Tuia era uma moça que morava com seus pais e ainda não se formara. Era filha única de um casal de idosos. Ela os amava. Mas sentia necessidade de experimentar novos espaços. Desde criança tinha mais facilidade para ficar com pessoas mais velhas.

Jasmine era caçula de uma família de três irmãos. O pai morrera muito cedo. Sua mãe se fragilizara, entrando num quadro depressivo. O irmão mais velho pegara os encargos da família.

Quando as jovens se encontraram na Polônia, Jasmine estava de férias de seu trabalho e Tuia da escola. Cada uma delas carregava a sua história. Ao escutar o gerente contando a dele, reviveram as suas próprias.

Lembravam que no dia seguinte teriam que se despedir e, provavelmente, nunca mais se veriam. Sara estava decidida a ir a Paris.

Sara estava feliz por escutar sobre seu irmão e a misteriosa Anna, mesmo sentindo-se triste pela história daquele homem. Ela decidira, depois que o gerente contara a história, que partiria no dia seguinte. Seu impulso era sair correndo de lá para o aeroporto e comprar a passagem para Paris. Sua mente focou nessa meta e nem pensou nas dificuldades que enfrentaria.

O gerente percebeu a agitação dela e sorriu. Pediu-lhe que elas o acompanhassem até seu escritório. Subiram todas.

Ele pegou o telefone e conversou com uma pessoa em polonês. Sara não conseguiu entender nada. Então, ele parou e olhou para elas perguntando:

— Uma passagem apenas?

Elas se olharam... Jasmine foi a primeira a dizer:

— Infelizmente, não poderei ir, pois tenho que voltar ao trabalho essa semana ainda. Como não sei quanto tempo vocês vão ficar por lá, prefiro fazer o meu roteiro... Me desculpem.

— Não tem problema. Você está coberta de razão. E você, Tuia?

— Não sei... Não poderei também seguir você por muito tempo, pois daqui a pouco começa o meu ano letivo.

— Isso é um sim?? — perguntou Sara.

— Acho que é... — Tuia sorriu timidamente ao ver a empolgação de Sara.

— Desculpe — voltou a conversar com o outro lado do fio —, são duas passagens, certo! Amanhã! Muito obrigado.

Voltou-se para as meninas e disse:

— Pronto, duas passagens compradas para amanhã. Pode deixar que eu as levo ao aeroporto, mas agora não poderei levá-las ao hotel....

— Não tem problema. Acho que temos que voltar e arrumar nossas coisas, não?

— Com toda certeza — Sara falou.

— Então... até amanhã! — falaram em uníssono.

— Até amanhã, meninas. Se cuidem!

Elas voltaram para o hotel e ficaram conversando sobre o acontecido, a história, o irmão dela, suas pistas.

No dia seguinte, as três seguiram ao aeroporto junto com o gerente, que as esperou até embarcarem. Jasmine estava voltando para casa também. Fazia um mês que ela viajava pela Europa. A despedida foi triste e movimentada.

Enquanto esperavam entre o *check-in* e a abertura do portão de embarque, elas conversaram e riram bastante. Fizeram diversas promessas de se corresponderem.

As três deixaram as lágrimas escorrerem num abraço coletivo.

Sara e Tuia sentaram-se lado a lado. Foram conversando durante o caminho todo:

— Me conta um pouco mais sobre o seu irmão.

— Ele fugiu de casa quando fez 18 anos.

— Mas por quê?

Sara ficou pensativa e respondeu:

— Acho que foi por causa dos meus pais — calou-se. Desviou os olhos, tentando evitar o assunto que a incomodava. Até o momento, ela tinha evitado o contato com essa dor. Mas o olhar de Tuia penetrava em Sara como o de uma águia que voava sobre sua presa e sabia exatamente os próximos passos, pois tinha o privilégio de uma vista panorâmica.

— Eles não são pais muito presentes... eles parecem frios... Porém nunca entendi o motivo. Nunca foi dito nada. Parece que nada pode ser dito naquela casa. Quando meu irmão fugiu, não escutei ninguém chorar além de mim.

Sara começou a chorar. Um calafrio subiu por sua espinha só de lembrar desse longo inverno calado e opressivo. Temia que sua vida voltasse à era do gelo. Tuia apenas a abraçou e ela dormiu o tempo que restava.

Ao acordar, seus olhos estavam pesados, mas sua alma estava leve. O avião se encontrava no aeroporto Charles de Gaulle.

Ah... se eu soubesse

No aparelho de som, tocava a nova demo que ele estava compondo.

"Enquanto todo mundo diz que o mundo vai acabar
Levanta sua bunda daí e vai viajar
Vai se arriscar
Que a vida é mais
E não é Maya

As pessoas têm medo de mudar
Fazem de tudo para ficar igual
Esta é a hora de se misturar
Vamos lá
que a vida é mais"

O quarto estava vivo assim como as pessoas que estavam vivendo ali.

Ele ainda estava deitado, semiacordado. Esticou-se preguiçosamente. Colocando o braço ao lado, percebeu que sua cama estava vazia. Abriu os olhos e ficou olhando o sol entrar pela janela. Seus pensamentos estavam bem longe.

Ela foi se aproximando devagar, sem fazer muito barulho. Foi se esgueirando dentro da coberta, enroscando-se como um gato.

— Onde você estava? — Anna perguntou curiosamente, alinhando seu corpo ao dele.

— Pensava em minha irmã... — seu olhar se distanciou novamente — sinto-me culpado por tê-la deixado em casa... E acho que fui tolo em acreditar que ela viria me procurar... com que direito eu acho que deveria ser procurado?

— Você não tinha muito o que fazer em relação a fugir de casa com ela... Você não tinha como dar conta de mais uma boca, mesmo porque, talvez, você jamais fosse à Polônia, e a gente não se encontraria, não é? — perguntou com um sorriso no rosto. Jorge acenou afirmativamente com a cabeça, mas algo dentro dele ainda estava fora do lugar, sentia-se dividido. Ela passou o braço em torno de seu pescoço e o beijou. Sorriu e repetiu o beijo. Esse gesto o tocou de maneira profunda, fazendo-o relaxar. Sua expressão suavizou-se. Sentiu sua alma mais leve.

— Eu não me preocuparia com a ideia de ela vir te procurar. Acredito que você precise confiar mais em vocês.

Ele a olhou e retribuiu com um sorriso e um beijo.

La vie en rose

Sara se encontrava em Paris, em seu quarto, olhando para o lado de fora da janela. Suas lembranças levaram-na para o momento da despedida. O gerente estava comovido... havia perdido as palavras... Abraçou-a e agradeceu a sua ida à Polônia, além de entregar-lhe um mapa e o endereço do hostel, aquele em que ela se encontrava. Lembrou-se ainda do momento de chegada a Paris, quando o avião estava pousando e a aeromoça, cujo nome ela não recordara, estava descrevendo:

— Aqui vocês podem ver bem pequenos a Torre Eiffel, o Arco do Triunfo. Logo mais, o Louvre... — Recordou-se da inocente reação de ficarem olhando pela janela. Tuia grudada em seu ombro, quase babava de alegria. Com memórias aleatórias misturadas pelo confuso horário, ela foi transportada para o metrô. Nesse momento, ela estava feliz por a amiga estar presente, porque Tuia se virava melhor no meio de tantas pessoas que não falavam outras línguas.

Sara tentou falar em inglês e, por azar, a pessoa a quem ela perguntou, virou as costas e seguiu seu caminho como se ela não existisse. A sonoridade da língua parecia fazê-la entrar em transe, sentia a beleza na pele. Um mundo totalmente diferente do que ela havia vivenciado na Polônia. O mundo estava mais rápido. As pessoas vestiam belas e elegantes roupas. Os cheiros de perfumes se misturavam no meio das pessoas no metrô.

Como se seu espírito voltasse ao seu corpo, flagrou-se imaginando a aparência de seu irmão.

O som que soava no quarto era "La vie en rose", interpretada por Piaf.

Tuia estava cheia de ânimo, pois não conhecia Paris. Sempre desejara fazer turismo noturno. O pouco que elas podiam ver pela janela já a deixava feliz. A agitação dela tirou Sara do transe e, nesse momento, percebeu que o quarto não era muito grande... As paredes estavam mal pintadas... Havia apenas uma cama de casal, apesar de terem dito que queriam camas de solteiros.

— Notre Dame, Louvre, Jardim de Luxemburgo, Arco do Triunfo, a Torre Eiffel, a Bastilha! Você tem noção de todas essas coisas? Muita história! Muita cultura! — Tuia ria quase que histericamente — As famosas comidas francesas....

— Assim você vai tirar as molas do lugar — Sara falou para Tuia que pulava alucinadamente na cama sobre o colchão. Elas se entreolharam e deram risadas

Estar com Tuia era como estar com alguém que ela conhecia há mil anos. Era a irmã que nunca tivera.

Num outro olhar

Tuia percebeu que alguém as seguia, enquanto Sara admirava o lugar. A primeira segurou em seu braço e começou a puxá-la. Sara deixou-se levar mesmo sem saber para aonde e por quê.

Elas andaram sem rumo certo por um bom tempo. Entraram numa loja de música para se esconder desse estranho. Sara não questionou a escolha da amiga pois queria conhecer mais as músicas locais. Ficaram lá um tempo. Tuia olhava para todos os lados, dentro e fora da loja, em busca de algum sinal do estranho que as estava seguindo. Como não o viu mais, sentiu-se mal de tê-lo julgado pela aparência, conseguindo relaxar e desfrutar da loja.

Sara, com seu jeito distraído, não tinha percebido nada, mas estava preocupada com a amiga, que começara a quase correr. Imaginou que ela havia encontrado alguém que ela não podia encontrar, como um ex-namorado, ou seus pais.

— O que está acontecendo?

— Você não percebeu? — Tuia perguntou perplexa.

— Percebeu o quê? — Tuia riu.

— O homem que nos seguia.

Sara arregalou os olhos.

— Mesmo?

— Sim — disse num sorriso. Seu lado heroico estava gritando em seu peito — um estranho que tinha a barba por fazer e carregava um violão nas costas, além de ter as roupas rasgadas.

— Ah, eu vi, mas não o achei perigoso.

— Hummm... mas quem você acha perigoso?

Sara pensou nas novelas, mas resolveu ficar calada. Acreditava que Tuia riria de suas considerações de perigo provinda do mundo ficcional.

— Acho melhor a gente voltar para o hotel — desconversou Sara.

Ao sair da loja, seguiram para o hotel. Não demorou muito para o mesmo homem começar a segui-las. Tuia percebeu e deu um toque em Sara, pedindo-lhe para apertar o passo. Elas foram se enfiando entre as ruas, à direita, à esquerda, à esquerda, à direita. O rapaz continuava a segui-las, até que elas entraram num beco sem saída, sem perceber.

Seus corações dispararam. Tuia olhava para os lados, procurando algo que poderia se transformar em arma e encontrando apenas uma garrafa quebrada. O desespero das duas era muito e foi aumentando conforme o tempo passava, as sombras cresceram... qualquer ruído parecia um tiro de revólver. Suas pupilas estavam dilatadas em busca de algum sinal de aproximação. "Como fui burra", pensava Tuia. Colocou Sara atrás dela e ergueu a garrafa quebrada, balançando-a e esperando o estranho aparecer.

Cada milésimo de segundo parecia uma eternidade... Seus corpos estavam preparados para se defender e correr.

De alguma forma, o estranho sentiu o que estava acontecendo. Deixou o violão no chão, continuou andando com o braço levantado à meia altura. Ele falava algo, mas Tuia não o escutava. Seu corpo estava já tensionado para pular em cima dele, caso desse mais um passo.

O passo foi dado.

Esclarecimento

Ele se agachou para pegar um cigarro que estava no chão. Olhou para todos os lados para ver se alguém havia percebido. Jamais fizera aquilo em sua vida, nunca esteve tão desanimado. Sua ruína começara há dois anos. Ele estava começando a aparecer na mídia, quando fora expulso da banda de rock. Desde então vivia tocando nas ruas de Paris. Por vezes pensava em desistir da música.

Andou mais um pouco e acendeu o cigarro. Colocou o *case* com seu violão no chão. Fumou um pouco de pé, alongando os músculos das costas. O tempo estava ajudando. Estava um dia ensolarado e o sol não estava muito quente.

Agachou, colocou a cinta no ombro e testou as notas para se certificar de que as cordas estavam afinadas. Ele era uma pessoa bonita. Porém, sua condição emocional não o ajudava em sua apresentação. Vestia calça jeans velha, um All Star e uma camisa branca, rasgada.

Depois do primeiro acorde afinado, começou a tocar "Come as you are", do Nirvana.

No meio da música, ao longe, viu algo que chamou a sua atenção. Duas meninas, uma de camisa rosa e a outra com uma camisa laranja. Não foram as cores que chamaram sua atenção, mas o símbolo da camisa laranja, era da sua ex-banda Aark. Seria aquilo um sinal? Tudo a sua volta perdera o sentido... O dinheiro, o público... tudo estava desfocado em sua consciência. Ao terminar de tocar a música, guardou o violão e pôs-se a segui-las.

Ele tinha certeza de que elas tinham ido por aquelas ruas, mas as perdeu de vista. Atravessou a rua e ficou olhando de um lado para o outro. Encostou na parede e sentou-se. Fazia tempo que ele não andava tanto naquela velocidade. Para onde elas tinham ido?

Ficou ali sentado na sombra atrás de um carro, pegou o cigarro do bolso e começou a fumar. Quase no fim do cigarro, ele as avistou saindo da loja de música, que o carro encobria. Deu a última tragada e voltou a andar. Desta vez mais rápido, pois queria falar com elas. Agora, ele tinha quase certeza de que o destino tinha pregado uma peça e já começava a xingar esse destino de tudo e qualquer nome.

"Para onde elas vão?", ele pensava, enquanto seu pulmão chiava.

Elas não tinham uma lógica, tanto que entraram num beco sem saída. Seu pensamento era que elas tinham tido sorte por ser ele que estava lá para ajudá-las. Seguiu-as, precisando descansar um pouco, pois faltava-lhe ar. Nunca antes havia sentido aquilo. Nem enquanto cantava. Estava decidido, deveria voltar a fazer exercício físico. Foi meio cambaleando... Sua garganta estava seca e sua voz não queria sair direito.

É curioso como um fato pode ocasionar dupla perspectiva, quem sabe até mais?

Ao se aproximar delas, a de camiseta rosa estava com uma garrafa de vidro na mão. Ele logo entendeu a situação e, assim que saiu da sombra, deixou o violão no chão e seguiu com as mãos à meia altura. Quando deu mais um passo, a de rosa atacou-o.

— Puta que pariu, o que você está fazendo? — desviou-se debilmente gritando num sotaque parisiense. Ela voltou a atacar. Ele sentou no chão e gritou com o que restou de seu pulmão:

— Para!

Ela hesitou

— Para! Nossa não aguento mais me mover, me desculpe se assustei vocês, mas eu preciso fazer uma pergunta. — A de rosa, que entendeu perfeitamente o inglês do rapaz, recuou felinamente, cautelosa, para trás, até encontrar a de laranja. Depois de molhar um pouco a garganta com a pouca saliva, continuou:

— Você, de laranja, por acaso você conhece algum Jorge?

Os olhos dela brilharam... Ele só poderia ser o mensageiro de seu irmão.

— Não te interessa! Te manda daqui — respondeu Tuia rispidamente

— Compreensível seu comportamento — sua fala estava ainda muito fraca. — Meu nome é Gerrard. Jorge foi um amigo meu... — respirou — Olhe, mesmo que eu tentasse atacar vocês, nas condições em que eu estou, não consigo matar nem uma mosca se eu quisesse. Eu tenho uma carta para Sara, se este for seu nome.

Sara, agora, tinha certeza de que estava mais próxima do irmão e começou a andar na direção dele. Tuia segurou em seu braço e disse:

— Cuidado! Pode ser um mentiroso. — Sara abraçou Tuia pelo cuidado excessivo e pediu para Gerrard contar a história dele com seu irmão. Somente assim teria certeza de que não era um mentiroso.

— Eu o conheci há uns anos. Montamos uma banda juntos e tocamos nela por um bom tempo. Ele sempre estava viajando para a Polônia. Teve uma época que ele ficou mais tempo por lá. Achei que não voltaria mais, me enganei. Ele voltou e trouxe a Anna. Eu estava bravo, pois tudo tinha que ser do jeito dele... — sorriu — mas ele tinha alma de artista, tanto que foi ele voltar, a banda começou a fazer sucesso. Porém, eu me desequilibrei. Foi nesse momento que outros integrantes me expulsaram. Ele tentou conversar com eles, mas a decisão estava tomada — seu pulmão tinha parado de chiar. — Anna também tentou me ajudar. Ninguém podia me ajudar. Nem mesmo a Anna, que tem uma habilidade fora desse planeta de curar as pessoas com suas dicas. Magoei a todos que tentaram, feri a todos com esse meu temperamento explosivo. Então, ele me deixou esta missão. Mandei-o à merda, mas guardei a carta, mesmo não acreditando que um dia você fosse aparecer — conseguiu se levantar. — O nome da banda é este que está estampado na sua camisa. Aliás, fui eu quem criou o nome e o logo — ficou um pouco em silêncio. — Seu irmão tinha um olhar triste, e foi assim que a reconheci, pois você também tem o mesmo olhar. Ele sempre falava de você — batia na roupa para tirar a sujeira. — Está ficando tarde, é melhor vocês voltarem para o hotel, aqui não é um lugar muito seguro. Tenho que pegar a carta em minha casa. É melhor eu acompanhar vocês até o hotel e seguir para lá. Amanhã cedo, eu a entrego.

Já no quarto do hotel, depois de se despedirem de Gerrard, seus corpos começaram a doer após a adrenalina baixar. Comeram, tomaram banho e pularam na cama. Dormiram sem demora.

Tuia só foi acordar com o toque do telefone na manhã seguinte.

— Alô!... Sim... Ok, obrigada... Diga que já está descendo.

Tuia sacudiu Sara levemente, ela gemeu preguiçosamente.

— O rapaz da carta está aqui — foi o que ela conseguiu falar antes de cair no sono novamente.

Um segundo depois, Sara estava de pé. Arrumou-se em tempo recorde e desceu, deixando Tuia dormindo. Ele a aguardava no saguão do hotel. Ao vê-lo, percebeu que havia algo diferente nele. Não somente nas roupas mais atraentes ou no penteado, mas sua fisionomia mudara.

Ao se deparar com a moça, levantou-se do sofá e entregou-lhe a carta, pedindo desculpas por chegar tão cedo. Ela pegou a carta e ficou mirando-a. Olhou para ele e disse:

— Eu esperava encontrar Jorge aqui, o que não ocorreu... Quando minhas esperanças balançaram, você me trouxe um pouco mais dele ontem e hoje, por isso sou muito agradecida — um nó na garganta se formou. Sentou-se e abriu a carta, trêmula. Ele sentou-se ao seu lado e esperou.

"Querida Sara, tudo bem?

Caso você esteja lendo esta carta, significa que você está no caminho certo e meu amigo Gerrard está vivo e bem. Aliás, tenho uma dívida imensa com ele. Espero que ele esteja melhor. Nunca tive um amigo tão precioso quanto ele. Por favor, transmita isso a ele.

Infelizmente não pude ficar aí até você chegar. Espero que no próximo destino, tenhamos mais sorte.

Estou partindo para a terra da Rainha, dos Beatles, Sherlock Holmes e Peter Pan. Não posso te dar mais informações, pois eu não as tenho.

Deixo um grande beijo, um abraço,

De seu irmão,

Jorge"

Ao terminar de ler, suas lágrimas escorriam. Gerrard abraçou-a, comovido com a mensagem de Jorge.

Quando ela se controlou novamente, convidou-o para subir. Ele a acompanhou. No quarto, ela entrou primeiro, acordando Tuia e advertindo-a que Gerrard estava lá. Tuia se vestiu e foi para a sala.

— Quero dizer que estou indo para Londres

— De onde veio esta ideia repentina? — retrucou Tuia, desesperada, pois tinha que voltar ao seu país.

— Meu irmão me escreveu dizendo que estará lá.

Tuia ficou sem palavras. Seu mau-humor veio à tona. Sentia raiva da situação. Não era justo o que esse irmão fazia com a pobre Sara. Como ela cuidaria de si sozinha? Como era possível, fazê-la ir de um lado a outro, alimentando as esperanças da pobre Sara? Ele não passa de um manipulador sem coração? É um energúmeno! A raiva saía pelos poros da amiga, que se encontrava inconformada.

— Pelo menos fique mais um pouco...

— Mas por que eu ficaria?

— Porque... eu não poderei te acompanhar. Preciso voltar para a casa de meus pais.

Sara ficou pensativa e no final concordou. Ela não precisava e nem tinha como comprar um bilhete para aquele dia. Olhou para Gerrard e perguntou se ele gostaria de ir. Gerrard negou. Tinha algumas coisas para resolver fora de Paris nos próximos dias.

— Preciso reencontrar uma pessoa e pedir desculpas por esses últimos anos. Posso acompanhá-las amanhã, se vocês quiserem.

Sara sorriu, dizendo que seria o maior prazer ter um amigo de seu irmão acompanhando-as naquele país desconhecido.

Em seus últimos dias em Paris, com as passagens compradas, fizeram um turismo pela manhã com Gerrard, que lhes mostrou alguns restaurantes baratos e gostosos. Despediu-se logo após o almoço.

As duas meninas se divertiram bastante nesse um dia e meio juntas.

A busca

No aeroporto:

— Quero que você saiba que você é muito especial! — disse Tuia

— Obrigado querida, você também é!

— Vou guardá-la aqui no meu coração — então, Tuia a beijou. Sara ficou paralisada e entendeu como um gesto de carinho.

— Me mande notícias! Quero saber se, no final, você encontrou seu irmão, hein?

— Claro! — disse emocionadamente com os olhos mareados.

Sara pegou sua mala e passou pelo portão de embarque, com muita dor no coração. Mas, dessa vez, ela não chorou, apenas ficou lembrando das situações que a amiga e ela passaram juntas.

Algumas horas mais tarde, ela já estava no Aeroporto Heathrow, em Londres. Pegou o metrô e desceu em Paddington.

Claro que não foi tão fácil assim, apesar de seu fluente inglês. Para quem nunca foi à Londres, o metrô pode se tornar um labirinto. Sara estava mais madura, conseguia se orientar sozinha. Seu hotel ficava perto da estação de metrô Paddington.

Ela começou a andar pela Bayswater Road. Encontrou a estátua do Peter Pan no Hyde Park, algo que não foi fácil, devido ao tamanho do parque. Dizem que fora naquele lugar que J. M. Barrie escreveu a história desse personagem. Seguiu um pouco mais e encontrou a Baker Street, famosa pelas histórias de Sherlock Holmes. Resolveu entrar num *pub*. No balcão, pediu o cardápio e escolheu um sanduíche. Sentou-se à uma das mesas.

Não muito tempo depois, entrou um rapaz, que ficou olhando-a de soslaio e ela, percebendo a atitude do rapaz, ligou as antenas. Ele trocava algumas palavras com o *barman*. Tomando coragem, ele se aproximou e perguntou:

— Este lugar está ocupado? — ela ficou em silêncio, torcendo seu cabelo. Ele ficou sem saber o que fazer — Posso me sentar?

Ela olhou para todos os lados e havia várias outras mesas vazias, deu de ombros... Ele se sentou. Na tentativa de quebrar o gelo apresentou-se.

— Olá, meu nome é Teodoro.

Ela foi tomada pela timidez. Algo nele a fez sentir-se mais acolhida e mais confiante. Sentiu um desejo de se abrir. Surpreendemente, falou educadamente:

— O meu é Sara.

— Brasileira?

— Sim, como você sabe?

— Pelo sotaque — falou em português. Ele sorriu — o que faz em Londres?

— Procuro meu irmão.

— É mesmo? E já o encontrou?

— Não, ainda não. Cheguei agora há pouco de viagem.

— É mesmo? E você tem o código de zona? Isso ajuda bastante aqui.

— Não tenho. Por isso eu estou à procura dele... Tudo leva a crer que ele mora em Londres.

— Hummm. Acho que vai precisar de ajuda. Se precisar estou a seu dispor — sorriu.

— Obrigada, mas acho que eu não preciso.

Conforme a conversa fluía, ela passou a gostar da companhia dele. Ela contou-lhe sua história e ele, por sua vez, disse que queria ficar mais dois anos em Londres, antes de voltar para o Brasil e terminar a faculdade. Ele ficou interessado na história de Jorge.

— Me conta como você vai encontrar o seu irmão.

— Eu não sei...

— Já pensou em colocar o nome da banda na internet? Ou o nome dele? Se ele estiver morando em Londres, ele tem registro na polícia.

— Nossa! Você tem razão! Vou fazer isso amanhã. Agora tenho que ir, se você me der licença.

— Toda. O que você vai fazer à noite?

— Penso em dormir, estou ainda muito cansada, com o fuso confuso, ainda.

Ele ficou em silêncio por um tempo

— Posso dar uma sugestão?

— Claro!

— Acho melhor você comprar um chip e um telefone porque será mais fácil.

— Eu acho que não vou precisar.

— Vai por mim!

Sara ficou em dúvida. Qual seria a melhor escolha?

— O que eu posso fazer é te passar o meu chip e você usa ele.

— Não posso aceitar.

— E por que não?

— Porque... — ela estava sem resposta.

— É sério, você vai precisar... Toma.

— Mas você vai ficar sem?

— Eu estou indo para o trabalho. Passo numa loja e compro outro. É para facilitar a sua vida — sorriu.

Ela ficou pensativa, pois o celular não tinha tido função até então... não havia ninguém a quem ela pudesse ligar.

— Tudo bem...

— Se você quiser, eu posso te ajudar a procurar seu irmão...

— Acho que não vou precisar de ajuda.

— Tudo bem... achei que poderia ajudá-la por morar mais tempo aqui e ter as manhas... mas se você acha que não precisa de mim... estou tranquilo — sorriu. — Depois que eu comprar outro chip eu vou te mandar um SMS com o meu novo número, caso você mude de ideia. Bom, tenho que ir trabalhar. Espero ter notícias suas em breve.

Ele se levantou e a beijou na bochecha. Saiu sem olhar para trás. Ela só viu suas costas. Levantou-se logo em seguida e foi para o hotel. Trocou o chip por precaução. Ficou acordada até umas 19 horas, quando recebeu um SMS de Teodoro.

Acabo de sair do trampo, quer tomar uma breja? Conheço um bar legal.

Ao ler, cogitou a ideia, mas o sono estava muito grande, respondeu:

Até que gostaria, porém não aguento ficar de olho aberto. Vou dormir. Desculpas. Bjs

Deixou o celular no criado mudo e foi dormir, acordando no dia seguinte.

Levantou-se e preparou-se para procurar uma *lan house*, o que não foi difícil ao chegar na Oxford St. Sua procura foi rápida. Logo que deu "*enter*" no nome da banda, viu que haveria um show dali a uma semana.

Ficou feliz pela notícia, mas preocupada com sua passagem, que venceria dali a nove dias.

O *site* não informava nada sobre o paradeiro da banda antes do evento de Londres.

Saiu da *lan house* e sentou-se na grama do primeiro parque que encontrou. Ficou meditando sobre o que deveria fazer. Pegou o celular e, depois de titubear bastante, mandou o SMS:

Bom dia, tudo bem? Vc poderia me ajudar a encontrar o meu irmão? Vi que ele fará show daqui uma semana. Bjs

Passou o dia inteiro esperando-o responder. Enquanto a mensagem de resposta não vinha, sentia-se tola por tê-la enviado. Sua cabeça inventava milhões de situações para justificar o não retorno. Ficou muito incomodada com esses pensamentos, porque ela não o conhecia direito, mas estava visivelmente transtornada. Até imaginou-o conversando com outra garota num outro bar qualquer da cidade. Enfim, à noite, o celular tocou com sinal de recebimento de uma mensagem.

Olá, desculpe a demora, mas tive um dia ocupado. Estarei de licença esta semana do trabalho, posso te acompanhar sim.

Todas as suas imaginações negativas desapareceram com a mensagem e o sol tomou conta de seu sorriso.

Na manhã seguinte, Teodoro estava, logo cedo, no Hyde Park, esperando por ela para começarem as buscas. Nos cinco primeiros dias, eles visitaram museus, lojas, igrejas, ruas, e a busca foi se intensificando e focando conforme os dias passavam. O show estava se aproximando e, por mais que ela não gastasse muito, percebeu que seu dinheiro não daria para comprar o ingresso, continuar procurando e se alimentar até o final da sua viagem. Ela se assustou com a cotação do Pound em relação à moeda brasileira e como seu dinheiro diminuiu rapidamente em tão pouco tempo.

Ficou calada, segurando o choro para não deixar Teodoro preocupado. A relação deles estava muito próxima. Não era preciso ela expor o problema para ele saber que algo não estava bem. Não havia racionalidade para explicar o relacionamento deles. Eles pareciam se compreender de forma única... Como duas crianças brincando no *playground*. Até os pássaros que estavam voando podiam perceber e cantavam em forma de melodia:

"*(...) Olha lá, o cupido acertou de novo*[3]
E fez a razão parar
Sem medo do futuro
Nem do trovão ou do mar.
O ar que lhe faltava

Equalizava ao suspirar
Não importa se era feito de terra ou de ar (...)"

— O que aconteceu? Percebo que você está triste ou algo do gênero... Você quer falar sobre isso?

— Não é nada.

— Bom, se você precisar, estou aqui do seu lado.

Ela olhou para ele e sorriu.

— Seu bobo, eu sei que você está aí — deu-lhe um tapa no braço.

Ficaram em silêncio, ela olhando para baixo e ele para o céu.

---

3. Música 3, página 126

— Sabe de uma coisa? Mesmo que você não encontre o seu irmão, tenho que admitir que ele é o cara!

— Por quê?

— Porque ele trouxe você para minha vida.

— Para com isso! — desconversou, dizendo que era melhor continuar a busca.

Levantaram e começaram a andar.

— E o ingresso? Não vai comprar?

Ela não respondeu à pergunta dele e seguiu andando. Ele percebeu que a razão de sua tristeza poderia ser essa. Ficou calado, andando um pouco atrás.

— Olha, que tal a gente assistir essa peça de teatro?

— Acho melhor não — falou Sara, com desânimo.

Ele fingiu que não era com ele.

— Então, vamos à *lan house* continuar a busca.

As buscas foram em vão. Ela se entristecia a cada minuto que passava. Sentia-se derrotada e deixou de curtir o lugar e a companhia.

No dia anterior ao show, Teodoro apareceu com uma rosa e dois convites de presente para a apresentação de seu irmão. Ela não sabia o que dizer. Apenas o abraçou.

Seria enfim?

No dia seguinte, Sara ainda estava mergulhada nas lembranças do dia anterior... Das andanças por Londres... Teodoro... Foi acordada com a chuva batendo à janela.

Ela desceu para se encontrar com Teodoro, que estava no *hall* do hotel. Ele a esperava para ir ao show. Ao vê-la, parecia que o tempo havia parado. Ela estava muito bela. Seus traços estavam mais leves... Menos tristes. Essa leveza veio do dia anterior, logo após ter recebido o ingresso.

Pegaram o ônibus, porém algo havia acontecido, pois o trânsito estava travado. Ficaram vinte minutos parados no mesmo lugar. Resolveram seguir a pé. Pularam do ônibus e caminharam de guarda-chuva. Havia acontecido um acidente que interditara a rua toda. Eles tiveram que retornar e dar a volta no quarteirão, com o risco de também não conseguirem passar, pois havia um fluxo enorme de guarda-chuvas, ou melhor, de pessoas. Enquanto voltavam, o guarda-chuva quebrou. Continuaram na chuva e, a cada passo, parecia que o frio aumentava.

Depois de um tempo, eles entraram em um *pub* para se aquecer antes de continuarem a caminhada.

O tempo corria... A banda de seu irmão seria a primeira a tocar. Eles não tinham muito tempo a perder e, a cada minuto que passava, a ansiedade de Sara aumentava.

Andaram bastante. Quando chegaram perto do teatro, viram a fila enorme. Eles não sabiam dizer quais filas eram para os que já estavam com ingresso e quais eram dos que precisavam comprar. O desespero de Sara aumentava a cada momento. Entrou na fila, impaciente. Quando chegou à porta, percebeu que havia perdido o ingresso. Ela não sabia o que fazer. Sua cabeça rodava, sentia náuseas, tinha vontade de se matar pelo ocorrido. Ao ver aquela cena, Teodoro colocou as mãos em seu ombro e pediu para ela ter calma.

— Calma? Como que eu vou ter calma? Perdi o ingresso, o que eu vou fazer?

— Respira, pegue o meu e eu te espero aqui fora.

— Não! — respondeu sem pensar.

— E por que não?

— ...

O silêncio carregava a culpa de ter perdido o ingresso.

— Vamos, pegue!

Ela pegou e ficou agradecida, mas não conseguiu demonstrar o quanto. Teodoro sentia que podia entendê-la e deu de ombros.

Sara entrou e correu para ver se conseguia pelo menos ver seu irmão. Ela escutava a música rolando enquanto se aproximava da cabine. Parou um pouco antes de entrar. Quando teve a visão do palco, a banda já havia saído. A plateia gritava alucinadamente.

VAZIO! As lágrimas tomaram seus olhos. Olhava de um lado para o outro tentando encontrar uma solução, porém sua visão ficou difusa pelo impacto do vazio. Tinha vontade de arrancar os cabelos e bater sua cabeça na parede. Desejou jamais ter saído de sua casa.

Pobre Sara, que estava sentindo na pele a força de sua própria sensação de impotência. Respirou... retomou um pouco do controle. Seguiu para os camarins em busca de uma solução, mas não conseguiu falar com o segurança. Só chorava.

Saiu correndo. Passou por Teodoro. Ele, por sua vez, ao reconhecê-la, foi ao seu encalço. Ele a chamava, mas ela não queria saber de nada, apenas corria até tropeçar e ficar no chão chorando. Ele chegou devagar.

— O que aconteceu?

— Não é justo! — chorava mais do que conseguia falar — Estava tão perto, mas não consegui novamente... — um grito queria sair de sua garganta. — Não deveria ter saído do Brasil! Acho que deveria aceitar que eu sou uma *loser*...

Ele não sabia direito o que fazer. A pessoa que ele mais gostava naquele momento estava perdendo o equilíbrio

— Minha vida é uma merda!

— Ei, calma! Respira! Ainda podemos encontrá-lo.

— Não quero ESCUTAR! Não quero mais procurá-lo, droga de perna, me deixa em PAZ!

Ela batia na perna com força e de cabeça baixa. Teodoro a conteve com seus braços. Ela tentou lutar, mas ele era muito mais forte que ela. Suas forças se esvaíram ao sentir a calorosa atitude de Teodoro. Seu corpo relaxou em seus braços, que se tornaram gentis. Chorou baixinho.

— Podemos entrar naquele bar. Vamos descansar um pouco lá antes de voltar, tudo bem?

Ela apenas mexeu a cabeça. Ele ajudou-a a se levantar e caminhar para dentro. Deixou-a sentada e foi pedir algo quente para que não pegassem um resfriado.

Enquanto ele comprava as bebidas, um grupo barulhento

entrou. Parecia comemorar alguma coisa. Ela não conseguia prestar atenção em nada ao seu redor, a não ser em sua dor interna, até que seu olhar foi atraído por algo, como se fosse um imã... Viu Jorge entrando. Ele sorria e não a viu. Ela, por sua vez, ficou paralisada... queria gritar, mas... nada... seu corpo não reagia... sua mente estava vazia...

Ao vê-la ali, parada, com o olhar perdido, Teodoro perguntou o que havia acontecido.

— Jorge — foi a única coisa que ela conseguiu pronunciar dentro de todo os esforços.

Surpreso, perguntou:

— O que tem ele? — como não houve um retorno, começou a tentar adivinhar — Você o viu? — ela acenou com a cabeça — Onde? Aqui? Sara se você não falar comigo, não tenho como te ajudar.

— Ele está atrás daquela porta — apontou para uma porta que dividia os ambientes.

— E o que você está esperando?

— Mas...

— Sem mas! Levanta e vai até lá — ele a ajudou e os dois seguiram até a porta do fundo.

— Esta é uma chance de provar que valeu vir até aqui!

Ao abrir a porta, não conseguiram encontrá-lo, ele não estava lá.

— Você tem certeza de que o viu?

Ela apenas afirmou com a cabeça e comprimiu os olhos para tentar ver melhor o ambiente. Viu uma pessoa entrar... virou, mas era apenas a *bartender*.

Teria ela alucinado? O desespero aumentava, achava que estava ficando maluca com aquela história. Algo dentro dela acreditava que não havia sido uma alucinação. Começou a andar no meio das mesas, até chegar no canto oposto, perto do toalete. Os homens mexiam com ela e Teodoro fazia o possível para protegê-la.

Jorge saiu do banheiro e passou direto por eles. Sara o reconheceu na hora, mas ele não... nem olhou para ela, simplesmente passou reto. Ela se sentia horrível. Começou a chorar e ameaçou correr... Teodoro a impediu, segurando-a pelo braço e depois abraçando-a.

— É ele, não é?

— Sim! E ele não me reconheceu! Vamos embora?

— Não! Está tão perto... é só dar mais um passo, sair dessa sombra e ir para luz, para ele conseguir olhar para você.

Ela ficou inerte e ele continuou:

— Ok, fique aqui.

Deixou-a e seguiu na direção do rapaz. Foi atravessando o bar mesa após mesa. Teve dúvida se aquele era realmente o irmão dela, mas sua atitude já havia ultrapassado o limite do voltar. Ao chegar nas costas do rapaz, ele bateu de leve no ombro direito.

— Sim?

— Seu nome é Jorge?

— Quem quer saber? — respondeu com desconfiança.

— Desculpe, meu nome é Teodoro e...

— Ah... você quer um autógrafo?

Teodoro se irritou com aquela atitude.

— Não, senhor, eu não quero.

— Então, o que você quer?

— Saber se você é Jorge!

— Sim, sou eu.

— Que bom. Eu tenho uma amiga que quer conversar com você.

— Amigo... Assim... Não estou num momento apropriado para conversar com fãs.

— Você não está entendendo, seu idiota. É a sua irmã, você passou em frente dela sem nem perceber.

— Que irmã?

— Sara!

Ao escutar o nome, o mundo parou. Olhou para os lados, procurando-a.

— Onde?

Teodoro olhou sobre seu próprio ombro e fez um sinal para Sara se aproximar. Ela veio bem devagar.

— Sara? É você mesma? Sara! — levantou e correu até ela — É você mesma! Meu Deus! — abraçaram-se e ficaram ali, tentando repor a saudade do calor corporal que havia dentro deles.

Ao sair do toalete, a cena de Jorge abraçando outra mulher que Anna nunca antes tinha visto foi presenciada. Um impulso agressivo despertou-a. Foi se aproximando do casal... suas mãos estavam fechadas de ódio. Ficou uma fera. Era só ela ir ao banheiro que alguém se aproveitava. "Como ele poderia ser tão tapado?", pensava.

Ele, instintivamente, olhou-a e sorriu, apesar das lágrimas nos olhos. Ela reduziu os passos, pressentindo que poderia ser algo terrível, mais do que ela imaginava. Seu coração apertou. Será que alguém havia falecido? Alguém estava doente? Ele se desprendeu dos braços da moça:

— Quero que você conheça uma pessoa. Esta é Anna. Anna, esta é Sara, minha irmã.

Anna demorou um pouco para reagir... A informação precisava ser digerida e processada. Então, um sorriso brotou em seu rosto:

— Finalmente nos encontramos! Para mim, eu já te conhecia há muito tempo.

— Eu também — sorriu timidamente Sara —, por causa dos relatos que meu irmão me fazia nas cartas. Vejo que você cuidou muito bem dele.

Por algum motivo, nenhuma delas sentira ciúmes uma da outra. Eram como velhas amigas que estavam se encontrando depois de muito tempo, apesar de não terem nada para conversar porque, no fundo, nenhuma das duas realmente conhecia a outra profundamente, já que nunca haviam se encontrado ao vivo. Sara lembrou que Teodoro estava em algum lugar. Procurou-o com os olhos e quando o encontrou, sorriu. Ele se aproximou, enquanto Anna passava o braço pela cintura de Jorge e lhe beijava o rosto. O irmão de Sara sorria, um pouco enciumado.

— Este aqui é Teodoro. Esta é Anna e meu irmão, que você já conhece. Desculpe-me pela má educação... de não ter te apresentado devidamente.

Todos caíram na risada e se sentaram à mesa para colocar o assunto em dia. Sara tinha muitas coisas para contar das suas aventuras, ao mesmo tempo queria saber de tudo o que havia acontecido com o irmão dela. Jorge contou a ela sobre como conhecera o gerente do restaurante da Polônia, Anna e Gerrard. Toda a sua aventura criara um mundo comum entre os dois irmãos, no qual Teodoro não conseguia entrar. Eles pareciam íntimos, não por se conhecerem bem, mas por terem mundos que compartilhavam.

O tempo passou rápido... Num determinado momento, Teodoro falou:

— Desculpem-me, mas tenho que ir embora. Amanhã acordo cedo para ir à aula e trabalhar — virou para Sara, como que pedindo para ela ir com ele, mas ele não tinha coragem de tirá-la da companhia do irmão, nesse momento de glória. — Você vai ficar bem? Quer voltar para o hotel? — Sara ficou dividida.

— Mas já? — retrucou Anna, percebendo o dilema ali colocado. — Fica mais um pouco — falou para Teodoro.

— Realmente, não posso. Fiquei a semana toda afastado do meu trabalho. Assim, meu chefe me demite.

Voltou seu olhar para Sara, que, visivelmente, não sabia o que devia fazer, até falou automaticamente:

— Acho que vou ficar mais um pouco, se você não se importa — ele gostaria de ter falado que se importava sim, mas sua coragem fugiu, apenas deu de ombro e despediu-se. A alguns passos à frente, falava consigo mesmo:

— Que burro que eu sou! Porque não falei o que deveria ter falado? Eu gosto dela! Ah! — continuou andando — Bom, posso mandar uma mensagem para ela amanhã. É isso o que farei — andou até sumir nas sombras de Londres.

Encontros e desencontros

Anna olhava para Sara e parecia ler sua alma, enquanto Jorge estava feliz e sentia-se vencedor.

— Sara, se você quiser ir atrás dele, vá! — falou Anna, com olhar de desaprovação de Jorge.

— É, eu até pensei nisso, mas acho que prefiro ficar aqui com vocês, já que vocês são a minha busca, minha meta.

— Fico feliz que você pense assim, mas lembre-se de que, às vezes, a vida pode te dar um presente e se você não perceber que é um presente e desprezá-lo, ela pode demorar um pouco para te dar outro.

Essa frase de Anna martelava na cabeça de Sara, que percebeu, no decorrer do tempo, que, apesar de estar com o irmão, ela sentia um outro tipo de vazio.

Combinou com Jorge de sair com ele nos dias seguintes. Ao dormir, ela mandou uma mensagem para Teodoro.

"Boa noite e muuito obrigada por tudo. Podemos nos encontrar amanhã? Ou antes de eu partir?"

A mensagem não foi respondida. A cada hora de espera, foi acumulando uma dor no peito, sentia que o tinha perdido.

Pela manhã, ao se levantar, olhou para o lado de fora. Fazia sol. Olhou para o celular e nada da resposta de Teo. Trocou de roupa. Aprontou-se para encontrar seu irmão na Trafalgar Square. Vestiu uma calça jeans branca e uma camisa rosa com franzidos. As ruas de Londres se apresentavam estranhas. Era como se faltasse algo. Passou pela Oxford Street, desceu a Charing Cross Road. Ao chegar à Galeria Nacional de Londres, procurou por seu irmão. Não o encontrando, resolveu se sentar nas escadas em frente a Trafalgar Square. Olhava a fonte que jorrava água.

Refletia, enquanto pensava sobre os últimos acontecimentos. Ao mesmo tempo que ela havia concluído a sua viagem, ainda estava incompleta. Precisava das respostas de Jorge sobre o seu sumiço e sobre o mistério das cartas... e Teodoro que não lhe respondia. Nesse meio tempo, mandou uma mensagem de celular para a sua mãe, dizendo-lhe que estava tudo bem com ela e que encontrara com Jorge.

"Mãe, encontrei Jorge e estou esperando-o para sairmos novamente, bjos. Sara"

O irmão chegou ao lado de Anna. Mal se aproximaram, a moça cumprimentou Sara e se desculpou, dizendo que precisava fazer algumas coisas e se ausentaria por um tempo. Sara sorriu e Anna saiu.

Jorge sentou-se ao seu lado.

— Tudo bem? Dormiu bem?

— Faz tanto tempo que eu não durmo direito que posso afirmar que foi a melhor noite de sono desde a primeira carta — Sara deu um sorriso cativante.

— Perdoe-me pelas cartas — finalmente se desculpou.

— Não precisa se desculpar — falou Sara segurando o

antebraço de seu irmão —, as cartas me ajudaram bastante... Certo que eu ainda não entendi o motivo de me mandar cartas e não e-mail.

— Cartas me soaram mais íntimas... — sorriu sem jeito — e-mail é mais fácil de terceiros invadirem e talvez você não teria dado tanta importância.

— Entendi... — Sara pareceu refletir sobre o assunto — mas o que aconteceu para você querer fugir de casa?

Ele ficou em silêncio. Estava mexendo em questões de seu passado. Não sabia direito o quanto essas questões influenciariam Sara.

— Acho que te devo essa resposta, né?! Mas talvez você não goste do que eu tenha a dizer.

— Bom, estou aqui e temos um dia inteiro para passar tudo a limpo.

— Você tem toda a razão. Então vamos andar um pouco. Já visitou a Galeria?

— Já, mas podemos olhá-la novamente — sorriu.

Ele levantou-se. Dobrou as mangas de sua camisa jeans preta e bateu as mãos nas calças jeans toda desbotada e rasgada. Ele ajudou-a a levantar e seguiram para dentro da Galeria.

— Não sei o quanto você se lembra de nossa infância... O quanto sua memória consegue ir para o passado... — ele escolhia cada palavra — Terei que começar com a Lis... Acho que você já percebeu que a Lis é um pouco diferente, não?

Ela refletiu um pouco, não sabendo onde ele queria chegar e o que ele queria dizer com diferente.

— Ela é uma fofa e está sempre por perto quando eu preciso...

— Justamente isso! Além de falar super direito para uma pessoa que está na função que ela ocupa na sua casa.

Sara fechou os olhos. A imagem de Lis apareceu em sua mente. Realmente, ela não se parecia com as empregadas de suas amigas. Vestia-se como sua mãe, falava como sua mãe, mas trabalhava para ela.

— Talvez a mãe tenha a treinado para se comportar e se vestir de outra maneira — teorizou ela.

Ele refletiu e sorriu. Apesar de não esperar aquele raciocínio, essa não era a verdade que ele conhecia.

— Poderia ser. Faz sentido. Porém, ela nem sempre foi sua babá. Sem querer, um dia acabei fazendo algumas descobertas... Antes de começar a trabalhar em casa, Lis era amiga íntima da mãe. Estudaram juntas no ginásio, colégio e faculdade. Elas eram inseparáveis. Tiveram os primeiros filhos na mesma época...

— Espera lá. Você está me dizendo que a mãe e a Lis era superamigas? Mas... Como você sabe disso?

— Não sei se você se lembra, mas quando você tinha uns 12 anos, Lis começou a passar as manhãs fora de casa. Em um dia, cheguei mais cedo, e Lis ainda não estava lá. Entrei no quarto dela e encontrei um álbum de fotografias. Dentre muitas fotos, havia uma menina que lembrava a Lis e perguntei a ela quem era aquela menina. Sabia que a conhecia de algum lugar, mas não lembrava de onde. Então, ela me contou a sua história... — ele percebeu que estava fugindo do assunto. Respirou fundo. — Lis veio de uma família boa, eu acho que ela tem muito dinheiro ainda, mas isso não vem ao caso.

— Então, Lis tem uma filha da sua idade?

— Não, é isso que muda tudo. A filha dela tinha a idade de Alice.

— Mas quem é Alice?

— Alice é a nossa irmã mais velha.

— Como?!

— Nós tínhamos uma irmã mais velha. Ela chegou a te conhecer e a cuidar de você.

Sara fechou os olhos tentando digerir todas aquelas informações: Lis amiga de sua mãe, Lis tinha uma filha e ela tinha uma irmã mais velha. Seu corpo trouxe uma memória de mãos lhe afagando. Nenhum dos quadros expostos na galeria lhe prendiam os olhos.

Eles pararam em frente ao "Irises", de Monet. Ficaram olhando por um tempo em silêncio.

— Alice e a filha de Lis eram também grandes amigas. Brincavam com você quando você ainda era uma nenê. Como se você fosse uma boneca grande de verdade.

Andaram mais um pouco e encontraram "Os homens da Doca", de George Bellows.

— Um dia elas foram viajar com o marido de Lis, algo que faziam com certa frequência. Apesar de ele ser uma pessoa muito ocupada, ele conseguia tempo para levá-las para a praia ou para a montanha em fins de semana, alternando com o nosso pai. Foi em um dos fins de semanas deles que tudo aconteceu. Lis não pôde ir, pois tinha um compromisso. Naquela viagem, eles sofreram um acidente grave... todos faleceram... — Jorge ficou calado por um tempo. — Eu não entendi direito o que estava acontecendo. Eu fiquei triste, mas não me lembro de vê-los... de nossos pais chorando. Pode ser que eu tenha selecionado a memória, dizem que isso é possível. Mas me lembro de Lis quando ela chegou e passou a dormir em casa uns três anos depois. Nunca havia conectado Lis à sua filha e à Alice. Ela era uma outra pessoa no meu entendimento. Ela chorava todos os dias. Os enlutados se calaram, apenas seguiam suas vidas. Bom... talvez eu tenha escutado a mãe chorando uma ou outra vez. Desde aquele dia, o pai começou a beber. Todos os dias e noites. Como se beber o fizesse se esquecer de Alice.

O quarto de Alice é o que hoje chamamos de escritório e o antigo escritório se tornou o quarto de Lis. As coisas de Alice foram desaparecendo aos poucos, até o momento em que tudo havia sumido, menos uma foto que eu peguei para me lembrar dela. Nunca fomos ao seu túmulo visitá-la. Lis deve ter ido. De vez em quando, ela desaparecia. Desconfio que Lis tenha se apegado a você como a uma filha, quase que uma substituta... A mãe e o pai ainda negam a morte de Alice, fingindo que ela nunca existiu... E nós passamos a deixar de existir também. Na verdade, ficamos presos no eterno estado de criança. Como se vivêssemos na Terra do Nunca...

O quadro ficou mais escuro. O cinza saía da tela e preenchia o ambiente como uma neblina londrina. As cores escuras traziam uma solidão enorme. Sara questionou-se se esse era o mesmo sentimento que seu irmão carregara por todos esses anos. Aquele quadro era importante para ele, tinha muito significado. Admirava-o, em um silêncio meditativo.

— No dia em que fiz 18 anos, saí mais cedo da escola e vim direto para casa. Fui ao novo escritório e comecei a procurar outras evidências da existência de Alice. Eu estava me sentindo um louco varrido, estava começando a acreditar que ela só existia em minha mente. Por alguma ironia do destino, nossos pais também voltaram mais cedo naquele dia e me perguntaram o que eu estava fazendo. Não foi a pergunta que me incomodou, mas a forma alterada como ela foi feita. Ele cheirava a álcool e a discussão começou:

"Estou procurando as coisas de Alice!", respondi, sem olhar para eles.

Ele pegou no meu braço com força. Tentei me desvencilhar, mas não consegui. Olhei em seus olhos e vi algo que eu nunca havia visto e fiquei amedrontado. Gritei.

— Me solta! — ele não me soltou e continuou berrando.

— Você está louco? Vá para o seu quarto! Isto é uma ordem!

— Eu não tenho mais seis anos para ficar te obedecendo assim!

— Enquanto você morar nesta casa, você deve seguir as regras desta casa!

Cuspi nele. Essa foi a gota d'água. Ele começou a me bater. Ele nunca tinha encostado um dedo em mim. Começou com um soco e eu caí. Depois disso, ele não parou. A mãe pulou em cima dele, gritando: "Você está louco? Quer matar o Jorge?".

Nesse momento, o pai se deu conta e parou. A sobriedade voltou ao seu normal. Ele se afastou e ficou de costas. Eu tentei me levantar, mas não consegui. A mãe me ajudou. Aquele instante já sabia o que faria.

Sara não conseguia acreditar no que estava escutando. Fechou os olhos, tentando lembrar se o pai continuava a beber, mas não havia percebido nenhum indício de sua bebedeira. Sentia pelo olhar que Jorge falava a verdade, que lhe queimava a alma. Jamais conseguiria imaginar que tudo aquilo havia acontecido em sua casa. Custava a acreditar em tudo, mas não tinha nada que pudesse ir contra a história que ele estava contando. Escutou-a em silêncio. Lembrou-se nitidamente do choro do pai quando ele havia pegado o álbum de fotos misterioso e se trancado no quarto dele. O eco do choro soava alto e claro, como se ele estivesse ali, presente, ao seu lado. As histórias se encaixavam. Arrependeu-se de ter se comparado com o irmão quando informara seu pai sobre a viagem que pretendia fazer. Não tinha mais volta. De alguma forma, Sara sabia que suas duras palavras tinham feito seu pai se transformar. Lembrou-se da reação que tivera o pai quando soube da sua intenção de conhecer o mundo. Lembrou-se de sua mãe. Lembrou-se de Lis... Lembrou-se de Teodoro. Jorge continuou a falar.

— Anna me ajudou bastante com relação a isso tudo. Aliás, ela tem me tornado uma pessoa melhor a cada dia.

Ficaram em silêncio. Continuaram a andar. Saíram da Galeria e olharam para o caos da Trafalgar Square. O movimento não era um estorvo.

Ela fechou os olhos, sentindo o ar batendo em seu rosto e o sol esquentando sua pele. Apesar de tudo, toda aquela história fazia com que seus ombros ficassem mais leves. Algumas coisas faziam sentido naquele momento. A frieza de seus pais, o modo como seu pai se segurou no dia em que ela falou que viajaria, as conversas entre sua mãe e Lis... tudo estava ficando mais claro. Assim como seu sentimento por Teo.

— Posso te pedir um favor?

— Se eu puder fazê-lo, por que não?

— Ligue para nossa mãe e converse com ela.

Jorge não esperava esse pedido.

— Sara...

— Por favor... é a única coisa que eu te peço...

Jorge perdeu o rumo. Olhou para o céu como se estivesse rezando. Pegou o celular em suas mãos e ficou ensaiando discar os números que fizeram parte de sua infância.

Ele se distanciou de Sara. Finalmente conseguiu discar. Escutou a voz da mãe do outro lado da linha. A voz estava distante e mais bela do que ele conseguia se lembrar.

— Alô!

Ele permaneceu em silêncio. Ele não sabia o que falar. Era quebrar o segundo gelo depois de anos. Com Sara, tudo parecia mais fácil.

— Alô? — insistiu Valéria.

Ela pensou em desligar quando um sentimento materno lhe bateu.

— Jorge? É você?

Depois de alguns segundos que pareceram horas.

— Oi, mãe... — finalmente falou — A Sara está aqui comigo e bem... — não sabia direito o que falar. As palavras pareciam estar presas em sua garganta. — Me desculpe... pela falta de notícia.

Falou totalmente sem graça. A mãe chorava do outro lado e ele, ao mesmo tempo que se sentia aliviado, sentia-se desconfortável de fazer sua mãe chorar.

—Você estava certo. Nós estamos nos resolvendo em relação àquela história. Sei que não será o suficiente para você voltar e perdoar seu pai, mas...

— Que bom que vocês estão tentando. Estou com a vida aqui... preciso ir.

Ele estava começando a ficar desconfortável.

— Jorge?

— Eu?

— Você ligará outras vezes?

Formou-se um silêncio reflexivo.

— Claro. Não preciso mais me esconder.

Ele desligou o telefone. Olhou para os lados. Seus olhos estavam cheios de lágrimas. Respirou fundo e foi até Sara, que conversava com Anna, que chegara há pouco.

Anna contava um pouco da sua história para Sara. Jorge ficou admirando por um tempo aquela mulher. Ele não conseguia acreditar que Anna resolvera ficar ao seu lado. Ela mexia no cabelo de tempos em tempos, quase um tique, era a sua marca. Vestia uma calça *legging* preta que parecia couro e uma camiseta branca para fora da calça. Seus cabelos caíam sobre seus ombros e seu olhar brilhava enquanto falava sobre o seu trabalho e tudo o que havia acontecido em sua vida. Tinha uma vida cheia de emoções e reconhecia cada uma delas. Estava estruturando uma ONG na Inglaterra para ajudar refugiados de guerra. Apesar de estar bem no início, já havia algumas pessoas interessadas no projeto. Seu currículo ajudava bastante na propaganda, além de estar sempre nos jornais de fofoca por causa da banda. Antes de ter essa ideia de montar a ONG, ela trabalhara como voluntária na Tanzânia, África. Ficara numa comunidade pequena que vivia na miséria. Com o pouco de dinheiro que tinha, ela pôde ajudar a alimentar muitas pessoas. Essa experiência mudara sua vida por completo. Saiu da casa de seus pais e começou a trabalhar em uma entidade que recebia verba da ONU, a qual atuava em lugares onde havia conflitos.

Quando Jorge e ela se conheceram, ela estudava Sociologia à distância. Precisava comparecer uma vez a cada dois meses na universidade. Nesse ínterim, ficava entre as zonas de conflitos e viagens a turismo.

Após conhecer Jorge, ela desistira de viajar tanto, optou por ficar com o namorado. Porém, continuou buscando emprego em que pudesse ajudar o próximo. Depois de quase encontrar a morte devido a um ataque terrorista, fortaleceu seu ímpeto de auxiliar as pessoas. Depois de um tempo, veio a ideia da ONG.

Quem ela mais ajudava, na verdade, era o próprio Jorge. Quando o conhecera, ele estava perdido, procurando algum lugar seguro para se firmar. Ele, por sua vez, se aproximava das pessoas, mas as deixava numa distância confortável para evitar novos sofrimentos. Anna sabia acolher a dor dele e transformá-la em algo positivo.

Depois de muito conversarem, os três resolveram ir olhar o Palácio de Buckingham.

Anna explicou aos irmãos que o motivo de ela não os ter acompanhado antes era porque estava em uma reunião com possíveis patrocinadores para seu projeto. Mostrara a eles todo o seu planejamento de arrecadação de verba e o cronograma.

Assim, o dia foi passando. O coração de Sara estava divido entre a companhia de seu irmão e Anna e a de Teodoro.

Tomavam os famosos chás com leite londrinos, depois de andar bastante. Ela mandou outra mensagem para Teo:

"Teo, queria te ver, falar com você! Pode me ligar?"

Também ficou sem resposta. Tinha vontade de chorar, mas se segurou ao máximo para ninguém perceber, mas até seu irmão percebeu tudo.

—Tudo bem?

— Tudo!

— Olha, sei que não te conheço mais como antes, mas pela sua cara, percebo que não está nada bem.

— É que eu mandei algumas mensagens para o Teo e ele não me respondeu. Estou partindo amanhã.

— Bom, o que posso fazer por você?

— Acho que nada — ela o abraçou.

— Calma, que a vida vai se acertando aos poucos.

Anna não se sentia no direito de se intrometer na vida de Sara, apenas deixou claro que, se ela precisasse, estaria lá.

Sara não acreditava que o irmão as achara parecidas. Anna era sempre para cima e muito bonita. Quando estava a sós, ficava refletindo sobre as suas semelhanças, mas não encontrava muitas e logo começava a fazer outras coisas. Sentia um apego por ela... Sabia que ficaria triste no momento de partir.

Jorge estava feliz, pois encontrara sua irmã. Na verdade, sua irmã o encontrara. Anna percebia a sua alegria. Ele não se aguentava.

— Realmente, foi como você disse.

— O quê?

— O nosso reencontro... eu apenas precisava deixar as coisas rolarem e confiar nela. — Anna não respondeu... apenas acariciou-o — O mais incrível é que ela está muito grande... nunca tinha sentido a força dela... A minha impressão era que ela sempre precisaria de mim como apoio... — riu meio sem graça — Hoje percebo que ela não precisa mais de mim.

— É claro que ela precisa, mas não dessa maneira — sorriu e o beijou.

— É... Você está coberta de razão, mas fico feliz por ela.

O pensamento de Anna seguia longe, estava na sua própria tristeza por sentir que não era mais tão necessária. Sentia-se um pouco deslocada.

— É, realmente, ela é bem mais forte do que você me descrevia... — olhou para ele e fez uma careta.

— É melhor a gente dormir. Amanhã é o dia em que ela vai embora... Tenho que admitir que sinto uma tristeza brotando em mim, como um nó na garganta.

— Que bom! Isso significa que ela ainda é importante para você — ele a olhou e se calou. Seu olhar dizia que ela estava coberta de razão.

E assim foi

Sara estava pronta para partir. Tinha sonhado que Teodoro estaria no aeroporto esperando por ela, para lhe fazer uma surpresa. Ele não se encontrava em lugar nenhum. O sonho a enganara. Ela olhava para todos os lados.

"Senhores passageiros do voo T-4589, favor se dirigir ao portão 2".

— Então, é aqui que nos despedimos

— Mana, não se preocupe. Deve haver uma boa explicação para tudo isso. Ele não me pareceu ser um mau caráter. Certamente, não gostei dele de início. Agora nem sei o que pensar, nesse momento, fomento uma raiva que, se eu o encontrar nas ruas de Londres, sou capaz de socar a cara dele.

— Não!

— É brincadeira.

Os três se abraçaram. Ela ficou um pouco de cabeça baixa.

— Está tudo bem? — perguntou Anna.

— Sim... é que estou com vontade de chorar... mas desta vez é diferente.

Anna pegou seu rosto e olhou bem nos olhos dela.

— Não tem problema chorar — sorriu —, o choro mostra que estamos sendo afetados, seja por coisas boas ou ruins.

— Você tem razão... Gostaria de ficar aqui com vocês.

— Com a gente? Ou com o rapaz de outro dia? — Anna respondeu sorrindo.

Sara corou.

— É...

— É melhor você ir para o seu avião — falou Anna, abraçando-a.

Assim, mais uma etapa havia chegado ao fim. Algo a estava incomodando mais que a despedida.

Ao seu lado, um rapaz sentou-se com fones nos ouvidos, cantava a música que tocava no aparelho sonoro. Ela o escutava e sentiu um aperto no coração.

"Tento correr para te encontrar[4]
Por não te sentir
Grito para chamar
O que a alma sempre quis
Espero sem força para morrer

Adeus, mas eu tenho que ir
Em boa hora
Chorei, esperei e não te encontrei não"

Ela se encontrava sentada no seu assento... este era o fim de sua aventura. A única coisa que ficara sem resposta foi o silêncio de Teodoro. Esperava por um sinal, assim como o sonho lhe mostrara. Pôde escutar um barulho e logo em seguida puderam escutar:

4 Música 4, página 127

"Senhores passageiros, queiram nos perdoar. Teremos que esperar por mais um tempo devido a problemas técnicos".

Esse foi um sinal, porém, ela não tinha sido capaz de entendê-lo. Tentava respirar profundamente para manter a calma, mas sua sensação era de que uma parte dela estava ficando em Londres. Fechou os olhos e reviveu a sua viagem. Lembrou do gerente, de Jasmine, de Tuia, de Gerrard, de seu irmão, de Anna, de Lis e de Teodoro. Tentou apagá-lo da mente, esforçando-se em trazer à memória todas as outras pessoas e suas histórias. Ao entrar no avião, tinha a esperança de encontrá-lo sentado em uma das cadeiras. Seus anseios eram que ele realmente estivesse presente. Procurou-o em cada canto possível.

As aeromoças davam instruções de segurança, mas ela não as escutava. Apenas sentia a dor em seu peito. Sentia que perderia a consciência a qualquer momento.

O avião finalmente decolou. Ao ouvir a campainha do cinto de segurança, levantou-se e foi ao banheiro. Ficou chorando. Até que alguém bateu na porta. Seu coração disparou... poderia ser ele... secou os olhos e abriu a porta. Era apenas uma senhora que precisava ir ao banheiro.

Ela saiu e foi se sentar em seu lugar. Não muito tempo depois, escutou as cortinas do corredor sendo abertas. Sua esperança a fez levantar a cabeça, mas era apenas a aeromoça servindo lanches.

O sexto sentido dela estava gritando, mas ela não o entendia. Logicamente, era impossível ela ter passado por ele sem tê-lo visto. A cada minuto mais próxima do Brasil, mais sua esperança aumentava, junto com seu desespero.

Sua mente trazia algumas histórias que lera em seus livros. Afirmava para si mesma que agora ela entendia como Julieta se sentia sem o Romeu. Mas logo o seu lado racional a tirou dessa ilusão.

"Não seja tola. Romeu e Julieta são fictícios. Logo, você encontrará outra pessoa", falou o lado mais racional. Por outro lado, o lado mais emocional gritava:

"Difícil é sustentar essa dor que não diminui no momento que eu quero". A razão respondeu:

"Difícil nada. É só descer do avião e voltar para a faculdade, onde há muitos outros".

"Realmente, você não sente nada. Por mais que você grite, a dor da emoção é a dor do sonhar interrompendo uma realidade onírica. Isso só mostra que você pode se tornar tão fria quanto seus pais".

"Não seja tola".

"Senhores passageiros, coloquem seus cintos de segurança. Tirem-nos somente quando a luz do painel se apagar. Estamos nos preparando para descer..."

Ela havia deixado de escutar há um tempo. Fechou os olhos e sonhou encontrá-lo ao sair do avião.

"Senhores passageiros, já podem tirar o cinto de segurança. Tomem cuidado na hora de abrir o bagageiro, pois as malas podem ter se movido no meio do caminho. Evitem acidente, obrigado".

Ela soltou o cinto, pegou sua bagagem e, quando olhou para a saída, viu Teodoro lá na frente. Tentou sair mais depressa até esbarrar na mesma senhora que a tirou do banheiro. Desculpou-se, mas ao levantar o olhar, ele havia desaparecido. Ao sair do avião, ficou procurando-o pelo aeroporto. Não conseguia encontrá-lo. Ela estava cansada... então resolveu comprar algumas coisas no Duty Free.

Quando estava no caixa, viu-o novamente, mas justo nessa hora seu cartão travou. Ao terminar de pagar, saiu correndo para passar pela alfândega.

Saindo, não o encontrou em lugar nenhum. Viu seu pai e sua mãe sorrindo para ela. Mal ela tinha colocado os pés para fora, eles saíram correndo e abraçaram-na. Ele realmente havia sumido.

Chegando em casa, suas esperanças de encontrá-lo estavam perdidas. Lis aguardava ansiosa para saber de suas histórias. Sorriu ao revê-la. Sara parecia encabulada, e Lis pouco à vontade e insegura com a nova mulher que estava em sua frente. Sara conseguiu sorrir e abraçá-la. Então, Lis falou:

— Como você cresceu! Nem parece mais a Sara que saiu daqui, mas ainda vejo uma sombra de tristeza.

Sara olhou-a e desejou um dia ser tão sábia e clarividente como Lis. Percebeu que nada podia ser escondido dela. Sara contou a viagem toda. Lis, por sua vez, escutava em silêncio.

— E foi isso o que aconteceu. Não conseguimos nos falar mais. Acho que ele pode ter ficado bravo comigo.

— Mas você não tentou ligar para ele? — ela arregalou os olhos.

— Não, não liguei.

— E por que não?

— Não sei dizer.

— Sara, preciso lhe contar algo.

— Pode falar.

— Já falei com sua mãe... não ficarei muito mais tempo aqui... vou retomar a minha vida. Finalmente consegui superar algumas coisas com que eu precisava lidar. Graças a você. — Lis não especificou o que ela tinha feito para ajudá-la, sorriu — Preciso lhe contar algumas coisas... A primeira é que... Antes de eu ser sua babá, eu já era amiga da sua mãe.

Sara sorriu.

— Eu já sabia, o Jorge acabou me contando quando eu o encontrei em Londres.

— Então você também já sabe que eu tinha uma filha e você uma irmã mais velha...

Sara fez que sim com a cabeça. Lis sentiu-se muito mais leve. Era um segredo que ela guardava como promessa e continuou a contar a sua história.

— Logo que eles morreram, eu tentei assumir a empresa de meu marido, porém, a cada dia, eu tinha menos vontade de sair de casa. Depois de três anos, foi a grande crise. Pedi afastamento e sua mãe me chamou para morar aqui. No início, era para nos ajudarmos, porém, ela se distanciou pois não queria conversar sobre o assunto e eu comecei a cuidar de você — ela sorriu. — Nesse tempo de cinco anos, eu fiquei afastada do meu cargo na empresa. Não estava conseguindo ir para lá e lembrar tudo, precisava me afastar. Foi o que fiz. Logo que você completou 12 anos, voltei a trabalhar meio período. Sentia-me mais forte, mas, ao mesmo tempo, eu não consegui me soltar de você, eu precisava de você! — Lis começou a chorar, era a primeira vez que Sara presenciava essa cena. — Estou voltando aos poucos, venho trabalhando meio período na empresa. Depois desse tempo, estou voltando de vez. Mas isso não quer dizer que não nos falaremos mais. Estarei aqui sempre que você precisar — ela sorriu e Sara a abraçou forte. — Quero também montar um grupo para auxiliar mães que perderam seus filhos e entes queridos em acidentes — sorriu.

— Boa sorte! — falou com um sorriso de orelha a orelha.

Abraçou-a não com tom de despedida, mas de um novo começo.

A pergunta de "por que ela não tinha ligado para ele" ficou no ar, sem resposta e reverberando em sua mente. O incômodo que ela trazia aumentava a cada segundo que passava.

— Obrigada, minha pequena! Agora vá resolver a sua vida. Qualquer coisa, estarei aqui!

Assim que saiu de seus braços, Sara correu para seu quarto, encontrou o celular no fundo da mala, ligou-o. Estava sem linha. Achou que poderia ser que não pegasse a antena daquela operadora, mas algo continuava incomodando-a. Lembrou-se de um celular velho, pegou o chip e colocou nele. Ligou o celular e o chip era compatível. As barras de sinal estavam ótimas.

Recebeu uma mensagem informando que havia algumas ligações perdidas, mas de números que ela desconhecia. Um frio na barriga aumentava e ela pensava — como eu não havia percebido isso antes? — Tentou ligar para o número dele, mas caía apenas na caixa postal.

Seu mundo caiu. Começou a chorar novamente. Lis entrou no quarto justamente nesse momento, sentou-se ao seu lado e a abraçou.

— O que é para ser, será, minha pequena.

O fim de semana foi difícil para ela. Pobre Sara, afogando-se em sentimento de impotência diante de fatos que não viu com clareza. Não saía do quarto, ficava escrevendo sobre sua viagem e se correspondendo com as pessoas que conheceu lá. Das poucas vezes que saía de casa, tinha algumas ilusões e acreditava que havia visto Teodoro. Sempre que ela seguia a pessoa para confirmar, reconhecia a ilusão. Seu coração já estava se acostumando com a ideia de que não tinha mais volta. Seus pais estavam diferentes, conversavam entre eles e também falavam com ela. O frio que havia dentro daquela casa parecia estar sumindo a cada dia. Esses momentos calorosos de reencontros aqueciam-na como uma lareira em seu lar. Todas as vezes, ela contava a eles sobre suas lembranças, sobre as pessoas, a viagem, seu irmão, os amigos e os lugares pelos quais passou.

Em seu primeiro dia de aula, muitos não a reconheceram. Sua alma, seu lar interior, não pertencia mais àquele lugar. O mundo se expandira. Sara se transformara. Ela queria ir para o mundo, que não a assustava mais. Passou a assumir a responsabilidade de seu viver. Algo dentro dela gritava para sair correndo dali. Aguentou as aulas até o final. Seu caderno estava cheio de desenhos e nenhuma anotação.

Ao sair da faculdade, deu de cara com um rapaz, que lhe era familiar. Achou que fosse mais uma pegadinha de sua mente fértil. Olhou para os lados, para ver se as outras pessoas também o viam, mas elas passavam reto. Tomou coragem. Mesmo que fosse só ilusão de sua paixão... ela falaria com ele. Quando ele a viu, sorriu.

— O que você está fazendo aqui? Seu curso? Seus planos... — Sara falou.

Ele a beijou para ela ficar em silêncio. Ela chegou à conclusão de que não poderia ser ilusão... aquele beijo era muito real.

A energia que rolava entre eles era grande. A força de atração foi abençoada pelos divinos. Eles puderam se reencontrar e dar um outro sentido às suas existências. Sorrindo, Teodoro falou:

— Voltei ao Brasil. Tentei te ligar, mas acho que nossos celulares estavam danificados por causa da chuva que tomamos... — sorriu, lembrando-se do dia — Resolvi voltar e terminar meu curso e retornar para o mundo depois. Mesmo porque, o mundo sem você deixou de ser mundo.

Ela sorriu.

— É mesmo? — virou-se fingindo que não queria conversa — Mas como você me encontrou? — A curiosidade falando mais alto.

— Isso foi fácil. Você mesma havia me contado. Procurei na internet para confirmar... Poderia ter quebrado a cara caso você tivesse ficado em Londres ou desistido do curso. Mesmo assim, resolvi vir. Acho que me dei bem — sorriu. Ela retribui o sorriso com outro.

— E o que faremos agora?

Ela estava admirada e sem reação. Quando conseguiu retomar o prumo, falou:

— Ouvi dizer que tem um bar muito bom aqui perto, topa? — ela riu e ele se fez pensativo.

— Não sei, acho que ainda estou sob o efeito do fuso horário... — ela fez uma careta e ele retrucou com outra antes de começarem a rir.

Abraçaram-se e seguiram rindo para a vida.

Agradecimentos:

Primeiramente, aos meus pais, pois sem eles não estaria aqui.

Às crianças do Acampamento Kalevala, que me incentivaram a contar essa história, que na época estava inacabada, e depois passá-la para o papel.

Um super agradecimento à Tereza Guedes, que teve paciência com a minha pessoa ao corrigir os manuscritos originais.

À Lucia Pompéia, que me deu alguns empurrões para realizar este trabalho.

Ao Matheus Ogura, que me ajudou com a parte gráfica com suas sugestões.

À Cristiane Bastos, por dar mais uma limpa estrutural do texto.

A todos que leram a história e deram suas opiniões.

E aos futuros leitores.

Músicas

1. PALAVRAS

LETRA: Paulo Tiago Akio Ogura
VIOLÃO, BAIXO, VOZES: Paulo Tiago Akio Ogura

Sem palavras para descrever
No breu cai
Grito em vão
Nas nebulosas manhãs da vida
Que desvanecem
A cada instante
Que avanço nesta neblina

O texto que não sai
Aos dedos endurecidos
As palavras presas querendo
Pular para fora nas tosses sem fim
A busca dos sentidos
Dentro dos sonhos preenchidos
Avanço no eterno medo do desconhecido
Sem dar um passo
Com os olhos e os ouvidos
Meus pés paralisam
No temor do amor.

Escute a música: https://soundcloud.com/paulo-tiago-424523139/2-palavras

2. It does not work like that

LETRA: Paulo Tiago Akio Ogura
VIOLÃO, TECLADOS, VOZ: Paulo Tiago Akio Ogura

I wish all my tears, which run down, could save you
I wish could do something more than I did

However, I know my limits and yours too
It is hard to feel good or happy
I feel blue but I cannot say to you
I'm so sorry for can't doing more than this

I wish all my tears, which run down, could save you
I wish could do something more than I did
I wish all my tears that felt could healing you
I wish could do something more than I did

And I start again
It is hard for me to see you in this way
Sometimes I like to be someone different than me
Having a power to change this fate

But I know my limits and yours too
It is hard to feel good or happy
I feel blue but I can't say to you
I'm so sorry to do more than this

I wish all my tears which run down could save you
I wish could do something more than I did
I wish all my tears that felt could healing you
I wish could do something more than I did

And I start again
It is hard for me to see you in this way
Sometimes I like to be someone different than me
Having a power to change this fate

I wish all my tears which run down could save you
I wish could do something more than I did
I wish all my tears that felt could healing you
I wish could do something more than I did

But I know sometimes it doesn't work like that (3x)

Escute a música:
https://soundcloud.com/paulo-tiago-424523139/3-sometimes-it-does-not-work-like-that

3. SEM RAZÃO

LETRA: Paulo Tiago Akio Ogura

VIOLÃO, baixo, bateria, voz: Paulo Tiago Akio Ogura

Olha lá, o cupido acertou de novo
E fez a razão parar
Sem medo do futuro
Nem do trovão ou do mar.

O ar que lhe faltava
Equalizava ao suspirar
Não importa se era feito de terra ou de ar

Aquela primeira brisa foi de arrasar
Te trouxe pelo cheiro sem avisar
Assim que eu te vi perdi o ar
Gaguejei como um tolo sem poder falar

Quem um dia imaginaria
Que estaria assim,
Sem nenhuma razão
Um bobo sorriso

Ela vem do lado de fora para me encontrar
Meu coração dispara só de pensar
Quando estou com ela
O mundo pode acabar
Pouco me importa

Aquela primeira brisa foi de arrasar
Te trouxe pelo cheiro sem avisar
Assim que eu te vi perdi o ar
Gaguejei como um tolo sem poder falar

Escute a música: https://soundcloud.com/paulo-tiago-424523139/4-sem-razao

4. Andei

LETRA: Paulo Tiago Akio Ogura

VOZ, BAIXO, GUITARRA: Paulo Tiago Akio Ogura

Eu ando por lugares
Que desconheço
Até que meu corpo
Caia na neblina
Me pesam os olhos e os ombros

Tento correr para te encontrar
Por não te sentir
Grito para chamar
O que a alma sempre quis
Espero sem força para morrer

Adeus mas eu tenho que ir
Em boa hora
Chorei esperei e não te encontrei não

Ainda vejo suas linhas
Ocupando os espaços vazios
O tempo que se foi
Agir tenho que
Sair tenho que
Sair tenho que

2x
Adeus mas eu tenho que ir
Em boa hora
Chorei esperei e não te encontrei não

Eu não serei igual
Eu não serei o mesmo
Não ficarei parado aqui
Andarei sem parar
Por lugares
Em algum lugar

2x
Adeus mas eu tenho que ir
Em boa hora
Chorei esperei e não te encontrei não

Escute a música: https://soundcloud.com/paulo-tiago-424523139/adeus

4. Sara instrumental

Guitarras, baixo, bateria e voz: Paulo Tiago Akio Ogura

Escute a música:
https://soundcloud.com/paulo-tiago-424523139/5-sara-instrumental